COPYRIGHT © DE **ROGER FRANCHINI**

REVISÃO **LILIAN AQUINO** E **SHEYLA MIRANDA**
CAPA E PROJETO GRÁFICO **GUSTAVO PIQUEIRA / CASA REX**

COLEÇÃO AMOK
PONTO QUARENTA - A POLÍCIA PARA LEIGOS, DE ROGER FRANCHINI
REVANCHISMO, DE ROGÉRIO DE CAMPOS

DADOS INTERNACIONAIS DE CATALOGAÇÃO NA PUBLICAÇÃO – CIP

F846   FRANCHINI, ROGER.
PONTO QUARENTA: A POLÍCIA PARA LEIGOS. / ROGER FRANCHINI. – SÃO PAULO:
VENETA, 2014.
XXX P.

ISBN 978-85-63137-26-5

1. LITERATURA BRASILEIRA.   2. ROMANCE.
3. ROMANCE POLICIAL.   4. POLÍCIA CIVIL.   5. CIDADE DE SÃO PAULO.
I. TÍTULO. II. A POLÍCIA PARA LEIGOS.

CDU 821.134.3(81)
CDD B869.3

CATALOGAÇÃO ELABORADA POR **RUTH SIMÃO PAULINO**

EDITORA VENETA
RUA ARAÚJO, 124 1o ANDAR 01220-020 SÃO PAULO SP
WWW.VENETA.COM.BR | CONTATO@VENETA.COM.BR

A todos os policiais civis de São Paulo que persistem em não ceder à sedutora tentação do crime.

CORPO TORTO

O corpo da menina estava no bueiro há pelo menos 20 horas. Foi o que o perito me disse. Ruiva, corpo magro e branco. A necrose lhe dera um tom azulado, *congo blue*. Cinco da tarde, hora mágica, a melhor luz para se imprimir na película. Não cheirava mal, mas exalava um aroma estranho. Tinha os lábios celestes, espumosos de saliva seca, escoriações nos ombros e uma grande mancha roxa espalhada ao redor do pescoço. E que bunda!

"Gostosinha, hein?" — Enquanto coordenava o balé do fotógrafo ao redor da defunta, o perito parecia não ter crises morais em admirar o belo trabalho da paleta de cores construída pelo óbito na pele da menina.

"Era" — respondi, criando a coragem necessária para me aproximar do corpo.

Não sabia dizer se era temor o que eu sentia nos momentos que antecediam meu primeiro contato com cadáveres. Mas havia uma inquietação. Uma insegurança. Como se estivesse diante de um perigo que ainda não conhecia, jamais conheceria. Constrangedor ver um homem de 27 relutando enquanto avança na direção de carne podre.

Mas quando se concretizava a visão do morto, tudo se transformava. Era curiosidade, horror e pena, tão somente.

Ao revistar os bolsos traseiros de sua calça jeans justa, notei que os músculos ainda resistiam ao rigor da morte. Macia e gelada, como esperava que estivesse. O mecânico gesto de levar os dedos à sua bunda de menina morta me apodreceu por toda vida.

"Giovana Purccini, 14 anos, mora na Vila Mariana."

Dei muita sorte; encontrei a carteira com seu RG e documentos da escola. Já sabia quem era a moça. O contentamento pela descoberta da identidade do corpo disfarçou o inconfessável prazer por estar ao seu lado.

Metade do trabalho realizado. Bastava agora contatar família e descobrir o motivo de ela ter morrido. Pensei em crime passional, porque aquele local da movimentada Avenida 23 de Maio não era lugar de garotas de programas que arrumam confusões ao ponto de serem mortas. Pouco mais ao sul, no tradicional bairro de Indianópolis, ficava o ponto dos travecos. Nunca entendi como famílias de distinta estirpe conviviam com tamanha sujeira nos portões de suas mansões. Impossível sair à noite para uma simples caminhada, comprar pãozinho, sem encarar uma dama de paus a serviço de uma enrabada. Trepavam como mulheres, brigavam como homens, apanhavam como bandidos quando chegavam ao DP. Uma delas, Babalu Banana, quebrou o dedo quando corrigiu o BO que mandei assinar: "é Babaloo!".

Sol a pino, cansado. Era o delegado quem deveria estar ali fazendo o teatrinho de cara de mau e representante do Estado para todos perceberem nossa onipresença. Não eu. Pelo menos é assim que a lei manda. Mas esta lei já tem um século, elaborada em um tempo em que matar era quase tão difícil para o bandido quanto para a polícia. Época em que a polícia militar era um exército à disposição do governador do Estado, acaso ele tivesse pretensões separatistas. Quando o delegado dispunha da mesma autoridade de um juiz, com competência para decidir o destino de pessoas no calor da investigação. Era quem investigava e julgava.

Hoje não passam de agentes administrativos, perdidos no emaranhado de corrupção e violência. Muito mais políticos do que policiais, precisam se manter longe de escândalos, agradar aos chefes do Executivo para não perderem seus cargos. Não há um só delegado em São Paulo com bola no saco para fazer um grampo em qualquer pessoa próxima ao governador. Ao contrário. Fazem de tudo para blindar quem lhes garante as melhores funções da instituição. As vagas nos departamentos da polícia civil são preenchidas com base no tamanho da influência política você consegue demonstrar. Preenchido esse pré-requisito, só não será um policial de sucesso se fizer uma grande cagada.

Incomodar pessoas ligadas ao partido do governo com as investigações não está nos planos de nenhum delegado que almeje sair da vala comum dos plantões dos distritos policiais e seguir uma carreira rentável em departamentos. Para este trabalho arriscado, surgiu a figura do investigador de polícia. Caso o trampo se aproxime de interesses que deixem o governador em situação difícil, a cabeça desse funcionário será a primeira a cair. Poupa-se o delegado, o assinador de inquéritos. Arruina-se a vida pessoal do seu subalterno, sobre o qual recaí a culpa pelos erros na condução da investigação. Um trabalho perigoso para quem não tem padrinhos fortes o suficiente. Mas vale a pena, tendo em vista o grande volume de dinheiro envolvido.

Olhei seu rosto uma última vez antes que a colocassem no caixão de fibra de vidro. Quem poderia matar uma doçura de 15 anos? Sutiã de fitas vermelhas. Quando a manobraram, sua calça apertada cedeu pouco abaixo da linha da cintura, deixando aparente sua calcinha de renda preta, tanga minúscula cavada. 14 anos? Seria uma mulher maravilhosa. Amaria, teria filhos lindos.

Depois de guardada a moça morta no baú do carro de cadáver, a caminho do DP, veio aquela saudade de Michelle, sentimento que ainda me enchia o saco.

Eu tinha decidido ficar sozinho. Parecia certo. Achava estúpidas as histórias de amores intensos, ter e dizer o quanto alguém era importante para mim, que minha vida seria incompleta se não tivesse determinada pessoa ao meu lado. Besteira. Não haveria pessoas com paciência ou tempo para que isso existisse. Rocambulias do século XIX, novela pra agradar aos integrados à rotina comer-cagar-transar-dormir. Bastavam no corpo as sensações de descargas proteicas que produziam resultados nos olhos, na pele, na boca. Saliva e sorriso faziam bem.

Então apareceu Michelle, quando a faculdade de Direito não tinha mais solução por causa de minhas faltas.

A polícia civil não é feita para quem quer estudar. Em silêncio, concluí que seus homens estavam mais interessados em matar e arrecadar do que fazer mestrado. E para meu azar, quando virei policial já estava no segundo ano do curso.

A necessidade de dinheiro para terminar os estudos empurrou-me para a delegacia. Só depois que passei no concurso notei que os horários dos plantões eram incompatíveis com qualquer intenção de estudar.

E os delegados com os quais trabalhei não tinham a mínima vontade de ajudar. Outros colegas da minha turma de academia tiveram mais sorte. Com bons sobrenomes, foram alocados em departamentos especializados, nos quais trabalhavam dois dias por semana, seis horas por dia.

Eu, entre madrugadas não dormidas, tentava a todo custo não ser reprovado. Insistia com os professores acerca da minha condição humilhante na polícia e pedia novas chances de provas e trabalhos. Patético, mas eficaz.

E em uma dessas buscas por um professor pelos corredores da faculdade para pedir que me aplicasse nova prova – e me ajudasse na nota – encontrei Michelle.

Ao bater na porta da sala do professor, uma menina de bochechas redondas e cabelos curtos me atendeu com um sorriso perturbador.

"Quero falar com o professor Sérgio. Ele está?"

"Ele saiu e só volta na sexta-feira da semana que vem."

Ela não precisava me olhar com toda aquela alegria. Uma camiseta branca e justa desenhava seus seios duros no corpo esguio. Fruta madura.

"Você deve ser o Vital. Ele me disse que viria. Sou sua orientanda e ele pediu que lhe entregasse isso."

Encolheu os ombros juntos ao rosto com um movimento divertido e me entregou o papel, um trabalho já preparado por ele que eu deveria fazer. *"Teoria da Imputação objetiva"* era o tema. Logo abaixo, um recado: *"pondero que não se esqueça da atenção devida à Universidade* (assim mesmo, em letra maiúscula), *uma vez que, se ela for bem conduzida, poderá propiciar-lhe degraus ainda mais interessantes. Leia Claux Roxin".* O professor Sérgio sempre teve boa vontade em me ajudar.

"Deve ser legal ser investigador."

Ela interrompeu minha leitura do papel com essa frase, o que me deixou sem saber o que dizer. Por isso respondi com um sorriso de gratidão.

"Você deve me entregá-lo pronto até quarta-feira."

Percebi sua doçura em não querer demonstrar autoridade na solicitação. E também não parecia mais velha, mas já estava no mestrado. Os olhos azuis sempre alegres. Todas as mulheres de olhos azuis me parecem mais novas. Todas as mulheres da faculdade eram mais novas para mim. Eram crianças perto dos meus 27.

"Você anda armado?"

"Claro." – fui cuzão.

E apontei o volume da roupa que a pistola fazia na parte de trás de minha cintura. *"Por quê? Você não?"*

Pude ver um pequeno furinho no canto de seu sorriso. Depois desapareceu. Quando retornei na sexta-feira com o trabalho pronto, ela não estava. Frustrado, deixei o papel com a secretária do departamento de Direito Penal. O professor Sérgio não parecia ser do tipo que trocava suas vagas no mestrado por trepadas com alunas. Passaram-se semanas, até que a encontrei numa festa que não queria ter ido.

"Michelle?".

"Oi, Vital. Veio armado?"

Ela sorriu e colocou a mão na parte de trás de minha cintura para sentir o volume gelado da arma.

"Não saio de casa sem ela. Por quê? Você não veio?"

Perguntei sua cidade, de onde vinha aquele sotaque quase carioca. Por que usava uma etiqueta de silicone com código de barras no braço.

"Porque eu gosto." Disse que ela se parecia com um desenho. Não tinha mais dúvidas, era a mulher mais linda do mundo.

"22."

"O quê? Só isso? Tá brincando... você fala como uma mulher de 30 anos." Silêncio e sorrisos. *"Se bem que seu corpo é de uma mocinha de 17."*

Gostei quando ela perguntou meu telefone para combinarmos de sairmos dia desses. Na ocasião, eu estava mudando de apartamento e a linha telefônica não estava instalada. E se estivesse, provavelmente eu não ligaria, pra evitar qualquer tipo de expectativa com relação a pessoas de sorrisos azuis. Mas ela me deu o número de seu celular.

"Te ligo nesse final de semana, Michelle."

"Faz isso sim." E foi embora com seu grupo de amigas, não tão bonitas quanto ela. No dia seguinte, mandei mensagem.

"QUEM É VC?"

"SOU O VITAL. ESQUECI DE PÔR O NOME"

"Ah, como vai?"

"bem, onde vc está, Michelle?"

"Em casa, quer beber hj?"

"Claro, onde?"

"Vai dormir cedo?"

"Depende de vc."

"TE LIGO MAIS TARDE ENTAUM, TCHAU MOÇO"

Não tínhamos carro. Fomos andar pela Vila Madalena em uma segunda à noite. Em um dos únicos restaurantes abertos, entramos apenas para comprar cigarros (muito respeito pelas mulheres que fumam). Numa mesa, encontrei um antigo professor e grande amigo de boteco bebendo com outras pessoas. Ao me ver, sua simpática embriaguez não me deixou recusar o convite para sentarmos com eles, mesmo diante do meu desconforto por estar com Michelle ao lado.

Ela parecia conhecê-lo, provavelmente também já fora sua aluna. Consultei se ela gostaria de ficar por ali mesmo e ela concordou. O professor se surpreendeu quando nos viu juntos, achou que nós nos conhecíamos havia muito.

"Ah, a escolha certa. Você acertou, Vitinho. Michelle é minha melhor aluna."

Ela abaixou os olhos. Parecia sem graça diante do elogio vindo de alguém tão distante dos seus 22.

"Escute aqui, Michelle, faça esse homem feliz, ele merece você. Hoje à noite, faça ele gozar como nunca. Sabe como faz, né?"

Merda, professor. Ainda não tinha pegado na mão dela.

"Vocês terão filhos lindos."

Cala a boca, quer me matar de vergonha? – Eu teria falado, se não estivesse rindo de seu modo desajeitado de bêbado pegando em nossas mãos, unindo-nos feito um sacerdote barrigudo. Um padre materialista ateu.

Mas não foi naquela noite que o desejo do professor aconteceu.

Apenas nos beijamos. Tão estranho o lugar, exposto, mas ela pediu. Não me convidou para ir até seu apartamento. Compreensível.

Achei que não iríamos nos ver mais. Talvez tenha ficado envergonhada por causa do professor, ou me achara sem graça. Começava a sentir sua falta. Confesso que queria seu corpinho mirrado mais uma vez, de curvas ternas e honestas.

Na noite seguinte, ela foi até meu apartamento. Li Manuel Bandeira e o primeiro capítulo de *Trópico de Câncer* (estava lendo na ocasião, vejam só). Gostou. Beijamo-nos. Menos estranho do que a última vez. Estávamos mais à vontade, bem verdade. Cresciam as carícias. Foi então que me dei conta do que fazia.

Ela evitava os toques mais íntimos, não pelo receio comum dos desconhecidos que se encontram para sentir prazer, mas porque tinha vergonha. Ruborizava e dava muitas risadas, muitas. Achei que era por causa de minha companhia agradável. Errei. Seu desespero a fazia se descontrolar. Confessou que nunca tinha sentido um homem dentro de si (não nesses termos, pois era bem menos pudica do que eu). Razoável, oras. Disse que ela estava certa, que deveria fazer o que fosse o melhor para sua cabeça.

Bingo!

Parece que achei as palavras corretas. Sorriu tranquila, tirou a roupa com a naturalidade de uma puta e pediu paciência. Espantei-me, sim. Possuía nádegas e coxas suculentas como nunca tinha visto (em algum momento depois daquela noite ela me disse que fazia balé compulsivamente, ou devo ter imaginado isso, não me lembro ao certo). Duas glândulas rosas descansavam em grandes peitos robustos. Talvez homem nenhum tivesse colocado a boca ali. Que desperdício. Aos poucos percebi que quem nunca havia transado era eu. Ela gemia de maneira estranha. Era dor. Dor de incomodar. Quis parar, eu quis parar.

"Calma, espera eu me ajeitar."

Com razão, eu precisava me acalmar. Achei que ela fosse chorar. Tive medo que aquela agressão dificultasse minha ereção. Controlei-me. Ela avançava com fúria. Doía em mim também.

Parou de repente. Respirava fundo. Seus olhos se contraíram em espasmos intermitentes, os lábios se apertavam. Eu, sujo de mucosa e sangue, tentava entender o que ela fazia. Não respondia. Ficou assim até que seus olhos brilharam. Sorriu satisfeita.

"Meu amor. Com o tempo fica melhor."

"Como você sabe? Pensei que nunca tivesse transado."

"Li num blog."

Acabou por dormir lá em casa. Eu a envolvi durante toda a noite. Acordei antes, levei bolachas e iogurte para que comesse. Sua boca faminta mastigava com tanta felicidade que quase perdi a hora para trabalhar. Pudesse, ficaria o resto de meus dias observando Michelle dormindo nua em minha cama.

"Tenho que ir, senão o meu delegado liga."

"Posso estar aqui quando você voltar."

"Pode ficar o quanto quiser."

Que estranha força tem a mulher sobre nós. Tudo o que eu pensava sobre solidão e pessoas em instantes transformaram-se. Ela era a pessoa mais importante do mundo pra mim. Quanto carinho. Talvez pelo fato de nunca ter feito nenhuma outra mulher gozar com tanta facilidade. Que ótimo é isso. Decidi! Quero que ela goze todas as noites e assim serei o homem mais feliz do mundo. Não tranquei a porta quando saí. Ainda no elevador, tive que voltar. Havia me esquecido de tomar o antidepressivo.

Na delegacia, disse bom-dia com mais tranquilidade ao escrivão, ao PM zangado, aos outros investigadores:

"Vital, teu homem taí. Se entregou essa madrugada depois de tentar se matar no lago do parque Ibirapuera."

"Que homem?"

"O cara que matou a menina e a meteu no bueiro. Tá na sala, conversando com o delegado. Matou porque ela não queria mais namorar com ele."

"Ele só falou isso?"

"Até agora, sim."

Pedro. Pedrinho era o nome do vagabundo. Eram raras as vezes em que eu me envolvia com alguma investigação. Isso era trabalho para a chefia, os investigadores do andar de cima, quando eles não estavam ocupados em angariar fundos para a manutenção do DP e de suas vidas particulares.

Normalmente os investigadores do plantão eram apenas porteiros de luxo. Mas quando o seu delegado queria tirar um serviço de algum bandido, era bom acompanhá-lo. Neste caso, seria delicioso passar a perna no departamento de homicídios e derrubar esse serviço antes deles. Significaria pontos para podermos nos movimentar dentro da estrutura da polícia. Se o doutor continuasse com essa ambição, e soubesse se aliar a bons contatos, logo estaríamos em um lugar bem melhor do que a merda do plantão.

O Pedro não era da nossa área. Ele e a vítima estavam fugindo da família da moça para construírem uma vida nova. No caminho, ela teria desistido, tentado voltar para casa e ele a enforcou com a cinta que usava.

Colocaram-no sentado na cadeira no meio da sala algemado com as mãos para trás. O delegado falava baixinho em sua orelha, como se confidenciasse algo secreto que só eles poderiam saber, ao mesmo tempo em que lhe socava o coco da cabeça com a mão aberta. Era a maneira com que ele mostrava ser o chefe das investigações.

Na prática, delegados não entendem nada de investigação. Fazem o trabalho da burocracia de rotina, determinam diligências baseados nas informações que os investigadores conseguem e as formalizam. São os tiras que estão na linha de frente, buscam testemunhas, sujam as mãos na ilegalidade, recolhem a mesada de bicheiros, donos de máquinas de bingos, puteiros e entregam a recolha do dinheiro ao delegado.

Da sala do meu delegado de plantão, o dinheiro subia para a sala do delegado titular, e de lá para o delegado seccional da região. Seguia para o delegado geral de polícia, o secretário de segurança e, enfim, ao governador. Eu só pegava aquilo que aparecia de graça. Nunca ia atrás de nada. Ainda achava estranha essa coisa de receber de bandido para ele não ser processado. Quem quisesse me dar, que fosse por uma gratidão incondicional, como o Carlos, da Pizzaria do Carlos. Graças ao seu bom coração, eu jantava todas as noites sem precisar tirar um centavo do bolso.

Mas aqui no DP ninguém ousava lembrar ao delegado de que sua presença sempre foi dispensável.

Era interessante presenciá-lo agredindo para tirar o serviço de alguém. Isso me tornava seu cúmplice e assim era mais fácil pedir favores a ele sem ter que me humilhar muito. E eu sempre precisava sair mais cedo para assistir às aulas. Não que ele fosse meu amigo, tinha a certeza de que se um dia ele tivesse que escolher entre a minha vida e a vida dele, eu estaria morto. Mas pelo menos, dentro da delegacia, seríamos parceiros nos erros.

"Cansei, Vital, ele é seu. Quando eu voltar quero ver este cassetete enfiado no cu dele" — disse e saiu enxugando o suor da testa com a manga da camisa.

"Tá bom." Enquanto Pedro chorava, sentei-me ao seu lado. *"Conta pra mim, Pedro, como foi a história."*

"Já contei tudo, doutor."

Era triste e engraçado ver aquele homem soluçar de medo. Cada vez que me aproximava, ele se afastava. Isso era bom.

"Enrolei a minha cinta no pescoço dela e puxei. Aí ela morreu. Matei porque ela queria voltar pra casa."

"Só por causa disso?"

"Mentira, Vital. Ele é um corno. A menina tava saindo com um coroa cheio da grana." — Era Sílvio, o outro investigador que estava sentado em frente ao computador, jogando paciência. Nós já sabíamos quase tudo da história. Fazíamos repetir várias vezes para ver se existiam contradições.

"Você a matou dentro ou fora do bueiro?"

"Lá dentro."

Sílvio, de um só movimento, saiu de trás de sua mesa e despejou o punho fechado contra a cabeça do rapaz algemado. Pedrinho tombou para frente. Caiu da cadeira e eu o ajudei a levantar.

"Pedro." — Quis acalmá-lo limpando o suor de seu rosto com uma flanela. — *"Sabemos que você é pessoa de bem, não é?"*

"Sim, senhor, sou trabalhador."

"Às vezes a gente faz besteiras deste tipo. Tá se vendo que você não é bandido. Diga pra mim. Onde você a matou?"

"Já falei, doutor, no bueiro."

Só deu tempo pra me afastar e Sílvio novamente lançou seu braço pesado no lombo do mentiroso, seguido de um caloroso: *"Filho da Puta!"* Pedro mentia.

O laudo da perícia constatou que ela sofreu violência sexual e arrastamento. Óbvio, portanto, que tinha sido estuprada, morta noutro lugar e levada com dificuldade para o buraco. O tamanho do bueiro não permitiria que eles fizessem sequer um "papai e mamãe" lá dentro.

"Olha pra mim, Pedro. Você não é bandido. Aqui, na Polícia, a gente só trabalha com bandido, gente ruim. Como você quer ser tratado? De que maneira você quer conversar comigo? De homem pra homem ou de polícia pra bandido? Ótimo! Então... você sabe o que quero saber. Diga aquilo que nós queremos ouvir. Não é flagrante. Você vai sair por aquela porta imediatamente depois de dizer tudo. Entendeu?"

"Eu não queria. Matei a mulher da minha vida, doutor. A gente tava esperando o ônibus pra ir pra rodoviária e recomeçar a vida em outro lugar, no litoral."

Era preciso ter paciência com a choradeira do rapaz. Já estava no processo de falar, agora precisávamos ter calma.

"Vocês foram transar no mato que cerca a avenida?"

"É. Começamos... mas aí... ela começou a falar coisas feias."

"Como o quê?"

"Disse que estava com outro homem, e que ele era melhor que eu."

Agora bastava. Além de corno, o sujeito foi ridicularizado por uma menina de 14 anos.

"Eu quis provar pra ela que não. Ele era velho. Sou jovem. E consigo fazer ela gozar. Consigo dar três."

Silêncio. Sílvio olhou para mim querendo rir. Mas havia um compromisso. Afinal, o idiota colaborou e, além disso, conhecíamos aquela dor de homem com o orgulho ferido.

"Ela disse que eu era fraquinho. Meu pau pequeno. Eu não aguentei, doutor. Ela começou a pedir para eu não fazer. Chorava. Gemia que nem criança. Ela gemeu muito, doutor. Peguei minha cinta e enrolei no pescoço dela. Ela foi parando de gemer devagarzinho. Devagarzinho. Ai, doutor eu quero morrer! Ela gemeu até morrer."

Como se pegasse um copo, agarrei sua grossa traqueia. Sua respiração foi desaparecendo e a pele foi se azulando. No limiar, soquei-lhe o peito. Desmaiou. Esperamos até que acordasse. Acordado, vomitou. O cheiro fedorento de seu líquido esparramado pela sala me deu o motivo necessário para chutar sua fuça. Caiu com o rosto voltado para o chão. Eu dava pulos, caindo com o pé direito em sua nuca. Chutava seu rim.

Ele pedia desculpas entre gritos de soluço. Dizia que não sabia o que havia feito. *"Desculpa, Gi, eu te amo. Eu te amo, Gi, me leva com você, eu não quero mais viver. Matei a mulher da minha vida."* Percebi que começava a perder sangue pela boca.

Eu e Sílvio tínhamos uma ótima escala de coordenação. Enquanto eu atingia a cabeça do rapaz, ele se ocupava das partes inferiores. Sempre tomávamos o cuidado de não ferir partes muito gordas ou moles, pois deixavam marcas e o médico legista poderia reclamar. O objetivo das pancadas eram os ossos. Eu tinha preferência pela nuca e o couro cabeludo. Era necessário fazer com que todos os golpes fossem rápidos o suficiente para confundi-lo, a ponto de não ter certeza de quem lhe agredia. Não era tão doído quando um golpe aplicado com o objetivo de realmente fazer doer. O maior ferimento era no ego, porque a maior humilhação era a de se estar sendo agredido sem poder se defender. E jamais dê tapas na cara do mala ou ofenda sua mãe. Isso é desrespeitoso o suficiente para autorizá-lo a revidar. Esmurre o queixo, se necessário for, porque isso sim é comportamento de homem. Mas nunca esbofeteie de mãos abertas a bochecha do desgraçado, ou denigra a imagem de sua genitora, mesmo que seja a dona do puteiro. Dignidade e o amor pela mãe são elementos que nos igualam aos criminosos.

Do mesmo modo, recomendo nunca bater até sua última capacidade de agredir. Caso o bandido seja profissional, ele saberá que, se aguentar aquelas horas de pancadas e não abrir o bico, o policial terá certeza de que não falará. E não o incomodará tão cedo. Alguns criminosos experientes eram fortes o suficiente para segurar o serviço no pau de arara por uma noite inteira. A violência não fazia ninguém confessar, se o cara estivesse decidido a não fazer.

Entre apanhar da polícia e morrer na mão de outros criminosos delatados, a segunda opção é menos querida. Além disso, a paulada só faz você ouvir o que quer ouvir. Debaixo da borracha, nego assina até que matou Getúlio Vargas.

E eles sabiam que, durante um interrogatório, dificilmente morreriam nas mãos da polícia. Poderiam apanhar muito, mas morrer, não. Mas apesar de todo esse *know how*, eu não gostava de bater. Na frente de outros polícias até mostrava um anseio pela pancada. Mas era só para não perder o prestígio na delegacia.

Notei que era importante demonstrar ao ladrão ser muito mais louco do que violento. Cuspia em sua cara. Sufocava-o com uma sacola de supermercado e espirrava gás pimenta dentro. Atirava dentro da sala, com o cano perto de seu ouvido. Deixava-o pelado.

Quando ia pendurar o suspeito para tirar algum serviço, quem apanhava sempre sabia até onde eu chegaria. Mas quando eu era maluco, nem eu saberia do que seria capaz. Mesmo que estivesse fingindo. Eu só batia quando tinha certeza da culpa. Como agora.

Sílvio me acompanhou. Pegou o cassetete, abaixou as calças de Pedro, fez o pedido do Delegado e foi chamá-lo. Após algumas horas assim, Pedrinho lembrou-se de mais detalhes. Achei que não seria necessário pendurá-lo para o choque. O infeliz não era da bandidagem. Não servia para ser gente ruim. Chorava, tremia.

Após meia hora com a borracha preta dentro de si, confessou que estava ganhando um dinheirinho agenciando Giovana.

Mas depois de alguns clientes, ela conheceu um senhor rico e se apaixonaram. O velho certamente era muito mais carinhoso do que os outros frequentadores e Giovana estava encantada por ele. Tudo confirmado pela família da pequena biscate e pelo próprio velho, que localizamos depois. Fato era que Pedro não gostou do rumo da história de sua namoradinha, quis levá-la para São Sebastião e ela tentou fugir.

Essa parte final da história não foi levada para o inquérito.

Toda a investigação fechou redonda com a primeira confissão do chifrudo; desnecessário, então, alongar o enredo com a trama da prostituição que envergonharia uma família já dilacerada por uma puta de 14 anos. O delegado preferiu não formalizar tal desgraça e os poupou do escárnio público. Pelo menos foi isso que me dissera.

Anos depois, quando Sílvio já estava derrotado pela polícia e ninguém dava a menor importância para suas histórias de tira reclamão, disse sem culpa alguma:

"Vitinho, lembra da mina do bueiro? O velho que tava comendo ela era um Procurador de Justiça aposentado. Pagou trinta mil para gente e não entrou no BO."

No final do dia, ao abrir a porta da sala do apartamento, Michelle veio em minha direção. Sorriu e me abraçou ternamente.

"Que saudades, querido. Demorou, senti sua falta. Vem."

Fui arrastado para o sofá. Enquanto me beijava, senti que seu corpo estava quente. Dizia que era só minha, que queria ser minha. Transamos muito. Dessa vez, nossos corpos pareciam se acomodar com mais facilidade, apesar de ainda estranhar sua falta de habilidade em nos encaixar.

Como era bom ter aquela menina ali. Faria tudo para nunca magoá-la. Até lhe dar os tapinhas na bunda que pediu.

"Com força, querido. É bom."

FILEIRAS DELGADAS DE PÓ BRANCO

Ricardo olhava a bagunça das crianças na videolocadora com certo ódio. Como se a culpa da gritaria fosse de todos os pais que as trouxeram, por suportarem aquela irritação com sorrisos nos rostos. Tirou as mãos geladas dos bolsos das calças para pegar o filme que a namorada pedira.

Ele não odiava crianças, mas seu humor estava um tanto perigoso. Sentia que se alguém esbarrasse nele com certo grau de maldade, poderia virar um tapa na cara de quem fosse. E Clarissa estava gripada. Ela o conhecia bem, achou que talvez ele apenas precisasse dar uma volta para deixar o rancor do lado de fora da casa.

"Aluga o Rei Leão da Disney", pediu a moça.

E por que negaria? Ele não lhe negava favores. Principalmente quando estava doente. Desviou de uma das crianças enquanto dirigia-se ao balcão. Eram apenas três meninos, de 9 ou 10 anos, e faziam todo aquele barulho!

A noite gelada. Ricardo arriscaria dizer que era a noite mais fria daquele inverno, mas ele nunca foi de arriscar muita coisa. Ao pensar nisso, concluiu que talvez já tivesse havido noite mais fria. Ou que talvez a noite mais fria ainda estivesse por vir.

"Só isso?", o atendente perguntou, interrompendo seus pensamentos.

Ricardo afirmou com a cabeça, forçado mais uma vez a tirar as mãos dos bolsos para pagar. Olhou os cartazes e pensou que havia muitos filmes que queria assistir, mas que Clarissa nunca concordaria. Podia alugar um dia em que ela fosse sair com a amiga, embora tivesse certeza que na hora ia acabar desistindo.

"Devolução é amanhã até as dez da noite."

Entrou no carro. O apartamento ficava perto o suficiente para que fosse caminhando, mas a noite estava congelante. Jogou a sacola de plástico no banco do passageiro.

"Carro a álcool no frio é uma bosta", pensou Ricardo. Esse é do tempo que não existia injeção eletrônica. Ele queria mesmo era um carro mais novo, daqueles redondinhos, prateados. Seu Monza tinha a lata do lado esquerdo amarrotada feito seu uniforme de segurança privado verde militarizado no final do expediente. Estava triste por não poder mais carregar a arma que usava em serviço para casa. Gostava das pessoas lançando olhares para a sua cintura com insegurança e curiosidade.

Mas agora era proibido. Pela lei nova, a arma deveria ficar trancada em um cofre da empresa. Ricardo já não voltava mais para casa com sua roupa de trabalho, temendo que algum bandido o confundisse com um PM. A confusão que as pessoas comuns faziam tratando-o como um policial, que antes lhe dava certo prazer, agora trazia medo. Ele poderia levar um tiro vingativo por algum vagabundo que pensasse estar atirando num polícia.

Girou a chave no contato uma, duas, três vezes e nada do carro querer pegar. Desviou o rosto quando alguém que passava na rua flagrou aquela melancólica figura tentando fazer o carro funcionar. Bombeou o acelerador. O veículo deu sinal de vida e as engrenagens começaram a girar.

No semáforo logo à frente, outro carro encostou ao seu lado. Em seu interior aparentemente confortável, uma mulher jovem não reparou sua presença ali. Cabelos compridos, nariz branco e pele lisa. Quase sentia seu aroma. Tão bonita quanto o carro que ela dirigia. Lembrou de Clarissa e o quanto insistia para ela fazer um regime. Ela chorava, era fraca para resistir à tentação de saciar sua fome, deixando-o profundamente culpado por tê-la feito sofrer. Estaria em casa fazendo a lasanha.

Ricardo não queria voltar. Não queria chegar, nunca.

Desejava seguir em frente, abandonar o emprego e voltar a estudar. Mas a grana de segurança era pouca, e se não fosse o salário de Clarissa como caixa do Banco do Brasil, estaria perdido. Ir embora sabe-se lá para onde, como fez a moça do carro ao lado.

Seu Monza morreu na esquina. Parecia morto também o mendigo que estava jogado na calçada, com as pernas na rua. *"Que bosta de vida ele tem"*. No apartamento, Clarissa estava com o nariz vermelho de tanto assoá-lo; voz pigarrenta.

"Demorou, meu amor. Achou o filme?"

Ricardo mostrou a sacola branca e sorriu.

Até que era fácil sorrir para ela. Clarissa tinha um rosto simpático, toda redonda. Os cabelos eram forçadamente lisos. Existira um tempo em que Ricardo se divertia assistindo a namorada alisá-los, fazendo um esforço danado com a escova e o secador. Mas a cena tornara-se repetitiva, irritante. Tanto esforço, todos os dias, mas pra quê? Pra ele não era, uma vez que os preferia ondulados, como eram naturalmente.

O sorriso se desfez. Sim, Clarissa era um tanto bonita, apesar dos quilos a mais. Devia existir algo nela que o atraíra no começo. Só que agora não conseguia mais se lembrar.

"Covarde."

Ricardo não esperava que o bule de café respondesse, e talvez por esse motivo falou com ele. Colocou um pouco de café na xícara, duas torradas com margarina no prato. Café na cama para a namorada gripada.

"Covarde", repetiu, dessa vez falando com o armário.

Era domingo, e ele odiava os domingos, as corridas de Fórmula 1 e os programas de televisão que passavam à tarde. Odiava-os por ser obrigado a assisti-los, em casa ou na casa dos sogros, comendo a mesma comida havia anos. Todos os domingos.

"Você é um covarde."

Agora falava consigo. A verdade é que há muito tempo reclamava daquela rotina, e há muito tempo a suportava sem ânimo para fugir. Estava cansado das suas próprias reclamações silenciosas, porque elas também haviam se tornado rotina. A conclusão também era a mesma toda semana. Covardia. Ele era covarde. Não tinha coragem de largar Clarissa, de largar o emprego, de largar aquela cidade. Qualquer mudança implicaria a desistência de uma segurança que ele não sabia se poderia viver sem. Sim, era um covarde. E talvez ainda gostasse de Clarissa. Importava-se com ela. Tinha medo de magoá-la.

Levou a bandeja até o quarto. Clarissa, sempre tão doce, sorriu e agradeceu beijando-lhe a mão. Havia dito que se sentia melhor, apesar dos olhos ainda inchados.

"A Renata tá vindo pra cá. A gente ia sair, mas como eu tô desse jeito, ela disse que preferia vir. Tudo bem?"

"Bom"— respondeu Ricardo. *"Espero que ela goste de Rei Leão."*

Clarissa, deitada, inchavam os quadris. As bochechas salientes carregavam dúvidas de Ricardo para um momento futuro no qual estaria, enfim, dentro de uma viatura da Polícia Militar, fardado, abordando qualquer um que lhe olhasse diferente nas madrugas, como sempre quis.

Abandonar o uniforme verde de mentira e o calibre trinta-e--oito-cinco-tiros que não era seu. Poder usar o colete cinza, brasão e uma PT ponto quarenta. Onze tiros, uau! Preta ou prata, pouco importa. Queria a viatura, a madrugada e colegas de farda. Seria truculento, mas nunca deixaria a impessoalidade do ofício lhe embrutecer. Porque polícia mesmo era a PM; um homem armado, mas que não usa farda é tudo, menos polícia.

Ainda queria ter um filho.

Estava preparado para o concurso. O exame físico seria fácil, repetia todos os dias os exercícios exigidos. Das três barras, fazia nove. Três mil metros em onze minutos e trinta. Perfeito, se não fosse a prova teórica. Matemática, geografia, história e português. Desejava, logo terminar o supletivo e conseguir o diploma do segundo grau para preencher o último dos requisitos.

Graças à insistência de Clarissa para convencê-lo de que o primeiro passo para a polícia seria atingir a graduação necessária, estudou sete meses tentando concluir o restante dos anos perdidos. Agora, misturava uma vontade de estudar com desalento. Confunde-se com tempos verbais, datas de eventos históricos, nomes de rios.

Por enquanto, teria que se contentar com o emprego de segurança no banco, na mesma agência de Clarissa, no centro. Ele entrava mais cedo no expediente, mas saíam juntos.

"Renata está vindo ver o filme."

Amigas desde criança, vieram pra São Paulo e moraram juntas no início. Clarissa estudou, fez faculdade, entrou no banco e agora queria voltar para Borborema, sua pequena cidade no interior. Renata queria ser atriz, acabou por conseguir dinheiro na indústria pornô. Tinha o corpo desejável, grandes e duras coxas, nádegas bem esculpidas, morenas. Seus seios foram reestruturados com o desenho do silicone. Havia ternura em suas mamárias rígidas.

Quando Renata começou o ofício, escondia dos mais próximos a alternativa que encontrara para ganhar um extra enquanto não arrumava coisa melhor. Somente Clarissa sabia, e chegou a ficar magoada com a amiga. Considerava falta de amor próprio entrar para tamanha promiscuidade quando poderia tentar um emprego menos rentável, porém, saudável.

Sua opinião mudou quando percebeu que era importante para a amiga manter-se no meio artístico. As lágrimas de Renata pareciam ser sinceras quando dizia não gostar daquilo, que era apenas passageiro, mas que poderia colecionar contatos importantes para crescer. Aos poucos, tudo ganhou um aspecto profissional.

Clarissa mudou-se, indo morar junto de Ricardo, por carinho a ele e vergonha das pessoas que começavam a frequentar o apartamento. Mulheres perfeitas, homens estranhos, de corpos esculturais. Considerou a possibilidade de Renata estar usando drogas, já que diversas vezes ela ria quando o momento era de tristeza, chorava quando deveria estar feliz.

Em certa medida, Ricardo desejou Renata. Mas até então a cobiça era manifestada enquanto a via em seus filmes, levando tapas na bunda, gemendo de dor ou prazer, envolta a muitos homens. Mais perto, ele sentia asco do suor de Renata, carregando fluídos seminais sabe-se lá de quem por aquele corpo.

"Amor, a Renata pediu para buscá-la na casa dela. Ela tá sem carro."

"Você não pode ir?"

"Tô com dor de cabeça... por favor."

Ricardo até pensou em dizer não, mas a oportunidade de sair de casa lhe trouxe um pequeno alívio. Por volta das 23h, o bairro era deserto, como eram desertas todas as pessoas de São Paulo. No trajeto, evitava parar o carro para seu motor não deixá-lo na mão. O mesmo semáforo no qual viu a loira escultural dentro do carro prata, o mesmo mendigo com as pernas na rua. Dormia desmaiado, roupas rotas...

"Como alguém pode levar uma vida assim? Será que tem pai, mãe? Ele já teve emprego? Chefe? Que tipo de mulher daria para um desgraçado como ele?"

Quando a luz verde surgiu no farol, o acelerador já estava pisado. Arrancou bruscamente, sem, no entanto, deixar que os pneus cantassem agudos. Fez a mira no joelho esquerdo do mendigo. Alinhou o capô de maneira a fazê-lo atingir o pedaço de homem ali deitado. Assim ele tiraria essas pernas do meio da rua, pensou.

Ouviu dois barulhos secos. O primeiro na roda da frente. Ato contínuo, os pneus traseiros. Dois solavancos também, como uma lombada pequena.

Freou o carro logo à frente e olhou pelo retrovisor. O mendigo estava por completo na rua. Engatou a marcha ré, rapidamente sentiu os mesmos desconfortos de antes. PLANC, PLANC. Mas dessa vez, ao contrário "— primeiro o barulho e solavanco nos pneus traseiros. Logo mais, os pneus dianteiros. Tentou apurar os ouvidos e escutar algo de humano vindo debaixo do carro enquanto passava sobre o mendigo. Nem ossos rompendo. Provavelmente ele já estava morto da primeira vez. Ninguém suportaria um carro passando por suas pernas sem gritar.

Já acostumado com a mecanicidade do movimento, seguiu em frente e não se assustou com outros solavancos e barulhos das rodas. Ricardo estava nervoso. Os olhos pareciam saltar das órbitas, respirava fundo e continuamente. Mal conseguia colocar as marchas no câmbio duro do Monza. A casa de Renata não estava distante. Reduziu a velocidade quando cruzou com outro veículo (poderiam perceber). Uma viatura da PM passou, rasgando a noite ao seu lado. Era certo que alguém notara o monte de carne e roupa rasgada na rua e avisou a polícia.

Em frente ao prédio de Renata, preocupou-se em encontrar uma vaga para estacionar que estivesse coberta por sombras, assim esconderia seu carro de curiosos. Então olhou as rodas. Olhou faróis, portas e frente. Nada de sangue, nada de danos ou estragos suspeitos na lataria.

O porteiro já conhecia Ricardo e fez-lhe sinal com a cabeça autorizando a subida. Renata o aguardava. O prédio era modesto, apesar de o apartamento ser decorado com eletrônicos caros. O negócio de dar por dinheiro era rentável e Renata sabia gastar seu lucro com confortos. Ao tocar a campainha, Ricardo foi recebido pela morena alta envolta em toalha com os cabelos molhados.

Ele, que só se permitira olhar superficialmente as curvas do corpo escondidas pelas roupas de Renata, reparou com atenção nas gotículas de água esparramadas sobre os seus ombros. Por um minuto, perdera-se entre aquele fim de orelha e começo de pescoço.

"*Oi. Já está pronta?*"

"*Sempre estou.*"

Sorriu como sempre. Ela e Clarissa pareciam-se quando sorriam. Ricardo sentia certa semelhança que não conseguia entender.

"*Entra, vou colocar uma roupa e já vou.*"

"*Pensei que já estivesse pronta*" — respondeu quando já caminhava pela sala.

"*Quer que eu saia assim?*"

Ricardo admirou Renata em todos os seus um metro e setenta e cinco. A toalha branca permitia ver somente até um palmo abaixo de sua virilha; na densidade cobreada das coxas, pequenos filamentos de pelos claros apontavam um caminho incerto, longo, perigoso. Grandes seios apertavam-se no frágil nó da toalha. Ela virou-se, rindo, e caminhou em direção ao quarto. Os dorsos das pernas eram rígidos e fortes.

Escolhendo a calcinha em seu armário, Renata queria deixar o desajeitado homem mais à vontade, por isso disse em um tom que pudesse ser ouvido da sala:

"*Que filme vocês alugaram?*"

"*Um desenho de leão.*"

"*Rei Leão?*"

"*É esse sim.*"

"*Clarissa gosta de desenhos, né? Desde pequena. Esse eu já vi. É bom.*"

Ricardo observava alguns cartazes dos filmes de Renata que estavam pelas paredes da sala enquanto conversavam. Uma das fotos destacava a saliência macia da bunda de Renata sobre a seda de um pijama. Pensou na lamentável circunstância de que nunca possuiria alguma mulher com um corpo daquele, perfeito, suculento, sem estrias, sem gorduras.

"*Uma mulher dessas deve ser cara. Bucetas custam caro*".

Lembrou de Clarissa e seu corpo desajeitado, flácido, de seios frouxos e sem malícia.

Renata continuava falando de desenhos animados. Era alguma coisa referente a um javali ou um porco. Não entendia tudo o que ela dizia e por isso tentou aproximar-se do quarto iluminado para ouvir melhor. Caminhou devagar, seguindo com os olhos os quadros do corredor.

"Ela adora desenhos" "— disse Ricardo, intrometendo-se na porta do quarto.

No fundo do cômodo, a luz do banheiro acesa indicava que Renata estava lá dentro. Ousou invadi-lo clandestinamente e, com um pouco de sorte, poder surpreender a moça casualmente sem roupas ou, no mínimo, com pouca. Ao olhar em seu interior, Renata, de costas, tinha as nádegas cobertas por uma calcinha branca, debruçada com os ombros sobre a pia, de forma a fazer o volume carnoso da parte traseira de suas coxas um elogio por si. Ricardo seguiu a avenida de sua espinha com os olhos. Pelo espelho pôde ver Renata usando um canudo fino de papel para cheirar algo que estava no granito da pia: fileiras delgadas de pó branco.

Quando Renata percebeu, por suas costas quedava um homem sem expressão. Ela tentou esconder discretamente a cocaína com os dedos, tomando o cuidado para não perdê-la com movimentos bruscos. Pensou em mandá-lo embora alegando pudores, afinal, estava só de calcinha.

"É cocaína?"

"Sim. Quer um pouco?" — respondeu Renata enquanto ajeitava os ombros, ainda de bruços, olhando para o espelho.

Ricardo não vacilou. Pela primeira vez na sua vida, metia no rabo de uma mulher com uma grande bunda dura e gostosa.

MAMÃE MANDOU

Fuim. Não queria ser notado. SE,Sílvio, meu ex-parceiro, havia sido removido para um DP vizinho e me perguntou se eu não gostaria de lhe ajudar na cana de um traficante. A boca de fumo era forte, e ele já havia feito o levantamento de que teria pelo menos uns sessenta mil reais nos aguardando lá dentro.

"Entramos às seis da madrugada na casa do sujeito, lá pelas dez acaba, pego o resto do dia de folga."

Enfim, coisa simples. Minha preocupação naquela manhã era que eu teria que deixar as coxinhas cremosas do meu almoço rotineiro para lá, porque minha mãe viera me visitar e iria preparar o seu famoso "bife acebolado, mandioca frita e rúcula". Sobre o bife, queijo e molho vermelho.

Era esse o principal fato do dia, não aaquela parada armada com o Sílvio.

Como não podia deixar de ser, barraco fedorento novamente. O pai, velho gordo e de bigode, a princípio me estranhou entrando pela janela da cozinha, gritando "Polícia. Parede!", mas não apresentou reação. Virou-se e se deixou revistar. A mãe chorava no canto da cozinha maldizendo o poder coercitivo do Estado e o seu monopólio da violência. Não nesses termos, mas enfim...

Quem procurávamos estava no quarto, dormindo. Para não ter acordado com aquela balbúrdia, deveria ter fumado pedra a noite toda. Porta aberta pela sola do meu sapato, mandamos ele sair.

Silêncio.

Olhares de cumplicidade entre a equipe, como se combinássemos de maneira tácita quem deveria entrar primeiro, deixando claro meu argumento de: *"eu não vou à frente, esse trampo é seu"*.

Foi aí que surgiu o urro!

De dentro do quarto escuro, como numa caverna úmida, surgiuveio aquele um berro patético e gutural. Crescendo. O cara havia levantado e corria sem medida das dimensões do cômodo onde estava. Pelos barulhos que escutávamos do lado de fora, ele gritava e chocava com os móveis e as paredes, como um bêbado cego.

Quando surgiu na porta, partiu para cima do Sílvio e o agarrou. Porra! Para um maluco agarrar um policial armado deve estar com muito crack na cabeça. E se fumou crack, não adianta bater. Ele não sente nada. Nada mesmo.

Já quebrei o braço de um noia com uma tonfa e iria matá-lo se não me segurassem, porque ele não parava de me desafiar. Hoje, como estava escuro, não consegui ver se ele tinha ou não uma arma. Nesse caso eu já estava pronto para fritá-lo ali mesmo, na cozinha da casa dele. Depois era correr para jogar a vela ao seu lado — uma arma sobressalente para enfiar na mão do vagabundo depois que ele morresse evitaria dores de cabeça com a justiça. E dar um jeito de fazer a mãe e o pai não dizerem o que ocorreu ali.

Deus agiu rápido. No embalo da briga do investigador e o cara, percebi que o infeliz dava as costas para mim. Devolvi a arma ao coldre e lancei meus braços em seu pescoço, em volta de sua garganta. Não é que funcionou?

Não aconselho fazerem isso sem treinamento, apesar de ser muito divertido. Senti seu corpo perdendo forças, pesando para o chão, pouco a pouco... apagou. Simples assim, como se apertasse um interruptor. É umas das melhores sensações que já tive. E a porra da mãe chorava, chorava, chorava. Sílvio mandou que calasse a boca.

Depois de algemado e desmaiado o bandido, entramos em seu quarto. Encontramos 22 pedras de crack dentro do colchão do menino e mais 27 mil reais (dez para mim, dez para o Sílvio, cinco para o delegado e o resto apreendido no inquérito).

Já sabíamos que era ele quem vendia pela área, só esperávamos a hora certa da casa cair. A mãe, desesperada, jogou qualquer coisa nas minhas costas.

Só consegui virar-me para acertar seu queixo mole, mas pontudo. Caiu de bunda grande no sofá. E o marido começou a chorar.

Eram onze e quarenta quando tocou meu celular.

"Oi, filho. Vai querer suco de caju ou laranja?"

PACIÊNCIA

Finalmente resolvi jogar o tal do *paciência spider* no computador. Jogo estranho. O campeonato na delegacia não me deixava pensar em outra coisa. Só eu ainda não me dedicara a ele. Diziam que o delegado não aceitava perder, ficava bravo e dobrava o plantão de quem se atrevesse apontar alguma vitória. Um ótimo motivo para eu começar a gostar da lúdica maneira de ridicularizá-lo. No plantão de domingo, comecei com um naipe. Tantas fileiras, tantas fileiras...

O telefone toca, era o cabo Freitas da PM:

"Vital, a tropa tá precisando de você lá na Favelinha do Chora Neném."

"Pra quê?"

Quem sabe, insistindo na pergunta, não animava o soldado a desistir de minha presença na operação realizada por eles. PMs se confundem facilmente quando são questionados com profundidade.

"Eles querem entrar na casa do Tigudum."

"Chama o Delegado, ué."

"Esquece. Aquele cuzão não sabe nem sacar a arma. A gente precisa de um polícia".

"É droga? Flagrante?"

"Não. O Tigudum bateu na cara do soldado Edgard. Você acha que eles podem entrar?"

Entrar na casa de alguém sem flagrante? Só por vaidade de um policial? Perigoso. No mínimo eles esperavam que eu aprovasse a ideia e, sei lá, deferisse uma espécie de "Mandado de Busca e Espancamento". Acabei por ir. Afinal, a gente nunca sabe quando vai precisar de uma tropa armada e furiosa para nos ajudar. E o Edgard era um amigo, dos bons.

Quatro viaturas na favela. Três Corsas e uma Blazer. Não gosto das Blazers... são grandes, bonitas, mas capotam facilmente em qualquer manobra mais ousada. Corsas eram pequenos e não causavam impacto na chegada da abordagem. Bom mesmo era a Ipanema. Robusta, de arranque poderoso e motor barulhento. Estavam sendo substituídas pelas Toyotas SW4. Doze policiais olhavam-me com ansiedade.

"E aí, Vital? Acha que dá para entrar?"

"Deixa pru lá, Edgard... Olha à sua volta, tá cheio de gente olhando. Acalma esse coração, uma hora o tatu sai da toca, na madrugada... E aí, será só você e ele."

Eu deveria ser pastor. Os policiais se recolheram, as viaturas foram embora. Eu voltei pro *paciência spider*. Perdi três partidas seguidas.

Na mesma madrugada, enquanto eu dormia na mesa do computador, apareceu a PM trazendo o Tigudum algemado para a delegacia.

"Aê, Vital, bem que você falou... O filho da puta tá aqui."

Após uma longa sessão de *argumentação com forte empenho*, o Tigudum desculpou-se pelas agressões cometidas contra o Edgard. Saiu agradecendo-o pelo tratamento

"Não sei onde estava com minha cabeça, foi mal, Ed."

Quem sabe se eu começar a me preocupar com uma só fileira por vez. Assim fica mais fácil começar do rei, para a rainha, valete... e esse maldito nove que nunca aparece!

TENTATIVA DE HOMICÍDIO

Durante uma audiência no fórum, o rapaz relatava à juíza que suas declarações prestadas na delegacia eram mentirosas. Era contundente ao dizer que tudo aquilo dito, e por ele assinado, fora feito sob coação.

Deu nomes e lugares: o investigador Vital o havia levado para o mato para que falasse onde estava a arma (um revólver 38) com a qual tentara matar uma pessoa que não vem ao caso.

"O investigador Vital levou o senhor para o mato?"

"É... me levou."

"Pra que ele te levou pro mato?"

"Ele me obrigou a assinar isso aí que tá escrito... é tudo mentira."

"Por que ele te levou para o mato?"

"Não sei. Ele me fez assinar esse papel."

"O senhor leu o que estava escrito antes de assinar?"

"Sim, li."

"Por que ele te levou para o mato? Ele te ameaçou?"

"Não, Excelência. Ele só me levou pro mato."

(O oficial de justiça que acompanhava a audiência percebeu que neste instante a voz do rapaz foi tomada por uma evidente vergonha, enquanto o promotor deixava escapar um sorriso no canto do lábio).

VÍTIMAS

Odeio vítimas! Como são insuportáveis. Todas elas. Furto, roubo, extorsão... Meninas que se fragilizam para ter a atenção de alguém, pais que chantageiam para não ficarem o resto da vida sozinhos, filhos que se drogam porque nao conseguem comer ninguém. Nada é pior do que ter que conversar com alguém que já se coloca numa posição de coitado.

"Roubaram meu carro... Você precisa achá-lo."

"Levaram meu celular, sou pobre e preto, quero de volta."

A vontade que tenho é de ser sincero e dizer: *"Não faço ideia de onde ele está, esquece!"* Por isso quero trabalhar na Delegacia de Entorpecentes. Lá não têm vítimas. Meta um grampo na boca de fumo e, no dia de feira, quando se tem certeza que a droga chegou, caia pra dentro. Se pegar o traficante é festa, chamem a imprensa. Se não, ninguém fica sabendo. E no meio tempo, encho o cu de dinheiro.

Se eu fosse mais cruel, diria que as vítimas são insuportáveis. Querem tudo para agora, não importa se são galinhas, radinhos, televisores, carros ou seus namorados de volta. Parece que existem só para testar nossa paciência com pedidos impossíveis.

"Moço, cadê meu carro?"

"Doutor, meu vizinho fica com o som alto ligado até as oito da noite."

E, pior do que as vítimas, são os médicos. O mundo não precisa de médicos. Desmaiei no meio de uma favela, sozinho quando levava uma intimação, ao ser alvejado por marimbondos. Foi então que descobri que era alérgico e que poderia morrer se estivesse desprevenido

Sem precisar conversar com um idiota que se sente deus por usar sapatos brancos" — receita qualquer porcaria milagrosa para se ver livre do infeliz fedorento que não entende nada de "moléstia principal", e ainda cobra R$ 150,00 pra dizer que estou doente"—, eu sabia que alergia se cura com remédios para alergia.

Depois de uma semana já curado do ataque, meu olho voltou a inchar. Pensei que ainda existiam resquícios de veneno no meu organismo. Quando já não podia abri-lo, resolvi me render ao pronto socorro.

"Isso é resquício do veneno do marimbondo que estava em seu organismo", profetizou o médico que me atendeu. *"Continue tomando o antialérgico que começou... Qual é mesmo o nome dele?"*

"Não faço a mínima ideia, doutor."

"Pois tome ele a cada 8 horas."

Dei a eles outra oportunidade para se redimirem, quando fui acometido com uma intensa diarreia e vômitos provocados após um duplo quarteirão com queijo do McDonald's. Decidi voltar ao consultório do oráculo. Queria mesmo era fugir do trabalho e me ver livre do delegado por alguns instantes.

"O que você tem é uma virose."

"Que virose?"

"Uma que está atacando todo mundo neste verão."

Ah! Que ótimo se meu emprego fosse assim. Que maravilha seria dizer:

"E então, doutor? Descobriu quem roubou meu carro?"

"Foi um bandido. Um bandido que está atacando todo mundo neste verão. Vá para casa, compre um alarme e faça seguro do carro. Tenha um bom dia."

(Caso resolvido).

Certa vez, fui ao hospital atender um caso de afogamento. Família chorando ao lado do corpo estendido na maca, cheio de água. Clima ruim. Eu, não sabendo a qualificação pessoal do morto, e já querendo adiantar as coisas para voltar e almoçar, atirei de pronto: *"Quem é a vítima?"*

Um senhor de meia idade (que soube depois ser o pai) levantou os olhos, secou as lágrimas e apontou o pequeno rapaz duro e úmido que estava deitado na minha frente, como se dissesse: é esse aí, ó.

Vítima boa é de homicídio. Sempre na dela, quietinha.

CRIANÇA NA NOITE

Já perdi muito tempo e pessoas queridas na expectativa de tentar encontrar qualquer resposta que explique o porquê de ainda não ser o que pretendo. Eu tinha um futuro promissor — mas me perdi em algum momento da vida.

O pouco que aprendi é desprezar todos aqueles que conseguem fácil as mulheres que desejam. Gosto de bater em playboizinhos — mais do que em vagabundos. Como é bom encontrá-los por aí fazendo algo de errado. Vê-los construindo seus argumentos acadêmicos de liberdade e garantias individuais e eu, monossilábico, apenas atirar:

"Entende que nada disso do que me diz será capaz de me fazer mudar de ideia e não prendê-lo? Essa droga é sua, não é? Você estava vendendo para outras pessoas, não estava?"

"Mas moço, não sou traficante. Eu trouxe para meus amigos, numa festinha lá em casa. Eu faço faculdade de moda!"

"Foda-se. Para seu azar, só eu aceitei essa porra de emprego."

Eram 52 mandados de busca diferentes para serem cumpridos por toda a polícia da nossa área. A logística da instituição me colocou em uma equipe de apenas dois funcionários. Eu e o Ricardo, o novo tira do plantão. E uma casa para ser invadida.

Não sabíamos qual investigador estava trabalhando naquele caso antes dele nos ser entregue, mas a ordem judicial precisava ser cumprida. Na verdade, era ano de eleição e o governador queria mostrar as viaturas novas que havia entregado naquele região, mesmo que isso custasse algumas vidas. Cumprir mandado de busca em investigação da qual não participei é motivo para faltar ao trabalho. Oba!

"Deve ser tráfico", ponderou Ricardo.

Provavelmente.

Como nenhum de nós sabia o que nos aguardava do lado de dentro da casa, combinamos que deveríamos entrar impondo o terror para não darmos a chance de os moradores perceberem que éramos tão poucos.

Às 06h10 pulamos o muro, chegamos na porta da sala. Lata vagabunda que não aguentou o ponta-pé. Completamente no escuro, Ricardo foi à frente dando o comando. Sala vazia. Demos a sorte de, no primeiro quarto que entramos, acharmos um casal. Como eu estava logo atrás, só Ricardo viu o que se passava no quarto:

"Sai de cima dela, vagabundo! Sai de cima dela!", ele gritou.

Passados alguns instantes, um rapaz careca, sem roupas e com as mãos na cabeça avançava pela sala.

"Fica olhando esse vagabundo, Vital. E a moça aí dentro, pode tratar de colocar a roupa."

O homem estava pelado, me olhando e esperando uma ordem qualquer. Eu não queria ficar olhando aquela cena, com o sujeito apontando aquele pau duro para mim, por isso mandei que se deitasse no chão. Entrei no quarto antes de Ricardo, ainda parado na porta. Ele hesitava na incursão, talvez por pudor, talvez por medo de não saber como lidar com aquilo.

A menina, pele branca e seios duros. Não manteve as mãos na frente de seu sexo por muito tempo e então notei que estava pelada. E era pelada na mais deliciosa concepção do adjetivo. Ela me olhava por debaixo de seus cachos castanhos como se sentisse vergonha pela perturbação que seu corpo provocava em mim.

"Posso pôr minha roupa, senhor?"

Minha resposta foi automática, mas dentro de mim gostaria, confesso que gostaria, que ela ficasse assim pelo resto do dia. Vestiu-se com uma camisola transparente que não escondia as ameixas escuras de seus mamilos.

Ricardo entrou no quarto e começou a revirar a bagunça do lugar. Um prato com carreiras de cocaína. Pedrinhas de crack pelo chão. Baganas, maricas. Perguntamos pela droga maior.

"Já era, senhor. Fumei tudo."

Perguntei para a moça se ela também fumava.

"Só maconha", respondeu protocolarmente.

Vasculhando sua bolsa, um vibrador curvado se escondia lá dentro. Se por um acaso tivesse alguma droga no interior daquela porcaria, ficaria por lá, eu nunca colocaria a mão naquilo. A moça percebeu meu assombro ao invadir sua intimidade. Sorriu com olhos cúmplices e os abaixou devagar.

Ricardo levou o cara para fora da casa para juntos procurarem o resto da droga. Fiquei só, no quarto, com a moça ainda semivestida. Ela me perseguia com os olhos de maneira que me incomodava. Não falava nada. Media meus passos, analisava minha arma com curiosidade infantil.

"O senhor é muito bravo."

"Você é tão bonita, por que mora com um cara como esse?"

"O que resta para mim?"

Um Termo. Circunstanciado por porte de entorpecentes, pequena.

VILA DO CACHORRO

"**V**ocê não consegue dar uma resposta concreta?"

Quem começa o diálogo é Michelle, inconformada com minha dificuldade de verbalizar o absurdo e, por isso, adorá--lo. Voz monocórdia que tende à melancolia quando está sozinha, possuía a face minuciosamente construída, reta quando necessária, abismal na medida do elogio. Não estava gorda, tampouco magra. O mesmo corpo sincero e triste, doce e iluminado.

Meu avô dizia para ter cuidado com as mulheres. Meu pai, para beijá-las. Meu avô morreu de câncer; meu pai, de esperá-las.

Mandei poemas que colava de vários poetas e os fazia serem meus. Conheci seus amigos e sua paixão pelo cinema dinamarquês. Aos poucos, queria viver para ela e fazê-la feliz. Chocólatra, por mais que reclamasse das calorias, eu ficava satisfeito quando via seus olhos brilharem ao receber meus bombons, em uma confusão de culpa e prazer.

Eu, tão cafona e desesperado por seu sorriso de desenho japonês. E ela, preocupada com os rumos da política econômica do governo. Fui a seminários e eventos que não entendia só para estar perto de seu cheiro de menina assustada.

"Vocês não têm nada a ver um com o outro e, mesmo assim, são apaixonados", dizia Cristina, sua amiga.

"Ainda bem, nunca me relacionaria com alguém parecido comigo" - eu respondia, provocando gargalhadas nas duas irmãzinhas.

Durante os seis primeiros meses ela me procurava incansavelmente. Entretanto, aos poucos, a frequência do contato deixou de ser tão rígida, chegando ao ponto de eu sentir sua ausência. Sua tristeza era visível. Tentei reconstruir o que sentíamos no começo.

Ligava, ela não estava. Mandava e-mails. Sem respostas. Como eu já conhecia aquele roteiro, sabia que a separação seria certa. Esfria naturalmente, por falta de tempo e dedicação. Consegui marcar para assistirmos o filme *Dogville* no sábado.

Assistimos em um angustioso silêncio. Depois da sessão fomos ao encontro de Cristina. Combinamos nos divertir. Ainda no carro, com poucas palavras, Michelle disse que não tinha gostado do filme. Achou escuro.

"De iluminado já basta a vida."

Eu não deveria ter dito isso, foi o que precisava para que sua paciência a ajudasse a despejar suas mágoas ocultas.

"Eu odeio a Nicole Kidman, prefiro as morenas" – só depois de alguns anos notei que tal comentário foi feito com um pequenino sorriso no lábio superior.

"Ela fotografa bem."

"Você a acha bonita?"

"Eu me interesso pelas mulheres que me desafiam."

"Eu te desafio?"

Outro silêncio com aqueles olhos que doíam feito agulhadas.

"Pense bem" — tentei restituir a palavra —, *"casas sem paredes. Que outra maneira de expressar o incômodo diante da falta de barreira entre o público e o privado, principalmente num universo pequeno como Dogville, senão em um cenário explícito, com casas que parecem vitrines de lojas, expondo os dramas à do outro como se fossem meus. O que sinto não importa a ninguém, quer dizer, somente àqueles que são exageradamente cúmplices de minha vida. Não é necessário mais simplesmente 'ter', é preciso demonstrar para o público o que tenho ou sinto. Passou-se do 'ter' para o 'parecer'. Devo ser bom marido, ter carro do ano, ter uma vida sexual ativa e sadia, bom emprego, ser legal, sair e me divertir como todos fazem, caso contrário não me aloco socialmente. Por mais que pareça ser livre, essa ilusão de..."*

"Como você é chato!" – Michelle interrompeu com rispidez o discurso que eu havia previamente decorado. Devo ter me confundido com alguém termo, porque, lembrando agora, parece tudo tão

confuso – "...*tudo o que me diz e escreve parece plágio. É difícil ser comum para você? Assistir novelas, jogar futebol, fazer o que todos fazem? Isso me cansa...*"

Ponto final. Acho que acabamos aí. Fiquei mudo o resto da noite, longa noite sem fim. Encontramos Cristina com seu amigo, que eu depois soube ser namorado. Afastamos-nos, não nos ligamos. Depois, pelos amigos, fui informado que nesta história eu era o terceiro.

Michelle era apaixonada por Cristina. Tentou comigo para esquecer sua amiga, por achar aquele sentimento sujo e anormal. Enquanto estávamos juntos, Michelle queria viver com ela, casar ou algo assim. Cristina arrumou um amigo, que depois virou seu namorado. Michelle, no dia em que Cristina anunciava seu noivado com o moço, rasgou a facadas seus próprios pulsos como se descascasse um mamão papaia.

Meu avô morreu gelado. Meu pai, impaciente. Michelle não morreu. E nunca mais a vi.

UM DIA INTEIRO

O moleque era arrogante. Tinha 17 anos e três homicídios. Outras dezenas de roubos e furtos. Negava com veemência a participação no roubo de um carro e o caso veio parar no meu plantão. O delegado conhecia a vítima. Um figurão da Assembleia Legislativa, assessor de não sei quem. Disse que se conseguíssemos levantar esse serviço, nossa ida para o DEIC estava garantida.

Ele havia dito que conversara diretamente com o secretário de segurança e falaria pessoalmente com o governador sobre isso. Sendo investigador no DEIC, eu poderia fazer meu horário com mais tranquilidade, trabalhar duas vezes por semana e terminar a faculdade.

Mas antes eu tinha que resolver o caso com o moleque. Às minhas perguntas, respondia *"sei de nada não, senhor. Não tavo lá"* com petulância, sorrindo pequeno.

Eu lhe enforcava com minhas duas mãos, até seu sangue faltar no coco. No limite da oxigenação, martelava seu estômago com os punhos fechados, fazendo seu corpo despencar da cadeira. O delegado apareceu na sala e olhou com reprovação, sinal para eu sair e deixá-lo só com o menino. A mãe do pivete aguardava do lado de fora, chorando:

"Minha senhora, ele tem que entender que só queremos o bem dele. Estou vendo que o garoto teve uma boa criação, a senhora é evangélica, honesta, trabalhadora. Tenho certeza que ele se envolveu com isso por culpa das amizades. Se ele continuar negando, a mentira fica evidente, porque a vítima já reconheceu a foto dele, e os outros que estavam com ele já falaram tudo. Pra eu ajudá-lo, ele tem que me ajudar" — levei-a para falar com o garoto.

Dez minutos de choros desesperados entre mãe e filho, ele me conta que foi de moto com outros caras até a casa do figurão, amarrou sua esposa e a filha de quatro anos enquanto os outros iam limpando o que achavam pelo caminho. A arma usada estava na casa de sua namorada, Angélica, de 13 anos.

A mãe dele, ao ouvir seu relato, desmaiou. O delegado me chamou até sua sala e disse que eu era preguiçoso. Porque eu não encontrara o aparelho de telefone residencial que eles haviam furtado do assessor. Ele estava chateado, pois o telefone era de família. À noite, na faculdade, teria aula de Direito Constitucional.

QUALQUER LUGAR

Minha casa é a delegacia. Apesar de não conseguir dormir ou relaxar nessa bosta de lugar, é onde me escondo e passo minha vida. Todos meus planos partem daqui, e deles eu não posso fugir. Dinheiro, sucesso ou sexo. Tudo deve passar pela polícia e as coisas que faço por ela.

Às vezes penso em como seria bom viajar para um país onde ninguém saiba quem sou. A China, ou a Inglaterra. Menos os EUA, porque lá é terra de gente maluca. Entre os polícias, acho que sou o único que não está feliz com o cheiro de mofo e suor de preto fedorento das paredes desse prédio antigo.

O Ricardo, por exemplo, desde terça passada (incluindo o final de semana), está debruçado sobre o chassi de um Vectra roxo, no pátio do DP. Ele havia abordado o veículo e descobriu que o seu dono era estelionatário. Com o condutor, encontrou um pacote com cinquenta documentos de outros veículos, todos com queixa de furto.

O negócio cheirava a merda. Achou estranho o fato de os documentos estarem em nome de uma mulher chinesa.

Ricardo descobriu que aquele carro era parte de um esquema que envolvia fraudes ao seguro. Liberou o dono com a promessa de que ele voltaria com o valor de dois carros iguais àquele. Ricardo agora passava os dias olhando a lataria, centímetro a centímetro, na tentativa de encontrar qualquer adulteração que onerasse ainda mais o preço do não indiciamento do dono do carro. Já havia feito buscas na PRODESP, no INFOSEG, no RDO, no DETRAN... nada de estranho com aquele carro... só com a chinesa, que ainda não sabia se existia mesmo.

Sua única preocupação era como deixar o caso em silêncio, sem que outras equipes descobrissem a possibilidade de lucro que aquilo poderia oferecer. Se caísse nos ouvidos do delegado do DP, seria prejuízo na certa. O Majura ficaria com pelo menos 80% das rendas. Eu ficava feliz em vê-lo entretido com tanto empenho naquilo.

Assim, eu não precisava fingir que gostava de ter que sair em uma sexta-feira à noite atrás de bandido, e sobrava tempo para ler um livro na cozinha do DP. Era em inglês, o que me obrigava a ter ao lado um dicionário. Precisava começar a ter aulas de inglês.

Mas na verdade, gostaria sim de ter ido para a China. Sentar na Praça da Liberdade, almoçar um macarrão engordurado acompanhado de carne de cachorro e fumar um Marlboro branco enquanto caminhava por aquelas ruas estreitas.

LESSON ONE

"**N**ão tem erro, Vital. É pegar o cara e apertar até ele soltar a grana. Estelionatário é tudo cuzão, não há perigo algum."

Ricardo, em certo modo, tinha razão. O perfil de estelionatário não condiz com a violência. Normalmente são ótimos de lábia e negam a culpa até o último instante. Não precisam de pancadas. O que gosto neles é que são sensíveis ao ponto de saberem o momento certo para oferecer o acerto. O único problema é não se perder em meio a tanta mentira.

O estelionatário faz da confusão sua ferramenta de trabalho. Temos que mostrar muita convicção para não cair na história sedutora que eles sempre apresentam. E, claro, o dinheiro que conseguem auferir nos golpes é diretamente proporcional à generosidade que eles possuem com os polícias. Ricardo tinha certeza de que o homem que procurávamos estava envolvido em um esquema de fraude ao seguro. Mas ele não havia conseguido materialidade nenhuma que comprovasse as suspeitas.

As poucas informações que levantou foram através de um ganso, que descobriu que o homem era o intermediário entre o fraudador e ferros velhos. A credibilidade da fonte ficava por conta da minha confiança em Ricardo. A verossimilhança do crime era tanta que nem mesmo eu duvidava.

Aprendi mais um golpe com essa história: quando precisasse de dinheiro, era só entrar em contato com esse homem, nosso suspeito. Ele comprava seu carro pela metade do preço e o levava para certos ferrolhos integrantes do esquema.

Uma vez dentro do ferro velho, o carro era picado e descaracterizado. Só após a certeza de já ter desmontado inteirinho o veículo, o dono do ferro-velho entrava em contato com nosso personagem, que então avisava o dono do carro. Neste instante, o dono do carro fazia um B.O. de furto sobre o mesmo veículo. E "tchans!": recebia o seguro.

Ao o abordarmos na rua, descobrimos que ele andava com um punhado de documentos de veículos com queixa de furto. Normalmente os documentos estavam com nomes de chineses. Curiosamente, naquela ocasião, todos em nome de uma mesma chinesa.

Os documentos eram todos quentes, sinal de que havia cooperação de alguém do DETRAN, ou do IRGD. O que, para nós, era ótimo, porque se desse alguma zica e precisássemos de ajuda para escapar da justiça, era só ameaçar jogar a responsabilidade no Departamento de Trânsito, e algum delegado diretor se sentiria ameaçado ao ponto de mandar alguém arrumar a história.

Todas as provas que tínhamos em mãos eram suficientes para indiciá-lo. Mas primeiro era preciso negociar um acordo com o homem. O ganso levantou que o suspeito possuía uma fazenda no Tocantins com um milhão em cabeças de gado. Ricardo colocou um preço para o acerto: duzentos mil reais. Em duas vezes, no máximo.

Paramos em frente ao prédio de três andares em que morava o sujeito.

"Vital. É entrar, apertar o filho da puta, pegar a grana e sumir"

Dito e feito. O porteiro do prédio se sentiu ameaçado diante das nossas funcionais e nos deixou subir sem o anúncio de praxe. Já em frente ao apartamento, bastou tocar a campainha e o trouxa abriu uma fresta da porta. Quando notou que éramos nós, tentou fechá-la sem êxito, porque chutei a porta com a sola do sapato, derrubando-o de joelhos.

"Zé" — começou o Ricardo enquanto eu fechava a porta — *"Tua casa já caiu. Passa o que você tem aí, e vamos embora sem que você assine nada."*

"Eu não tenho nada, não, senhor. Poxa, vocês entram na minha casa, me agridem..."

Ricardo, com a palma da mão, empurrou o queixo do 171 até sua cabeça tombar para trás, de forma que interrompesse a frase de maneira brusca.

"Quem te bateu? Eu te bati? O rapaz ali te bateu?" — e socava--lhe o coco da cabeça.

"Ai. Ai. Bateu não, moço. Desculpa. Olha, eu não tenho dinheiro aqui. Quero dizer, tenho um pouquinho no quarto, dentro do armário. Não é muito, mas podem levar."

Imediatamente fui conferir se era mesmo verdade a grana do armário. O Ricardo ficou na sala, com o homem que chorava no sofá. Eu gostava de como Ricardo conseguia operar o medo nos investigados, sem agredi-los.

Mas infelizmente, sempre que ele começava a ameaçar alguém, eu precisava estar perto para interromper a progressão de sua violência. Sabia que se ficássemos muito tempo ali, Ricardo seria capaz de atirar na boca do homem, só para vê-lo sangrar. Eu deveria encontrar rapidamente o dinheiro para não ter que me preocupar em esconder um presunto.

"E aí? Alguma coisa" — gritava Ricardo, ansioso para descobrir a grana.

"Nada ainda" — respondi.

Ricardo, demonstrando impaciência, foi até o quarto onde eu estava e olhou pela porta.

"Merda, acho que esse corno tá dando o tombo na gente."

"Achei" — uma caixa de madeira com um bolo de notas de cinquenta reais. Comecei a contar, sendo seguido pelo olhar curioso do meu parceiro.

Mas nos esquecemos do cara lá na sala, que abriu a janela que dava para a rua e começou a gritar:

"Polícia! Socorro! Ladrão na minha casa! Tô sendo roubado!"

Imediatamente, pegamos todo o dinheiro que conseguimos e tentamos segurar o cara. Por algum motivo, mesmo com nossos socos, ele não parava de gritar por ajuda. Quando notamos que qualquer tentativa de silenciá-lo seria infrutífera, resolvemos sair dali correndo.

Descemos as escadas, e já na porta do prédio, uma aglomeração de pessoas na rua nos observava sair, sob os gritos do homem lá na janela dele. *"Polícia! Ladrão! Pega!"*

Ninguém ameaçou qualquer atitude para fazer o que o homem pedia. As pessoas que assistiam nossa fuga pareciam confusas, porque não aparentávamos ser tão bandidos assim. E, na dúvida, apenas olhavam nossa desabalada corrida. Eu só temia a aparição da PM.

No carro, longe dali, contei dezessete mil reais em notas de cinqüenta. Ficamos contentes, muito contentes. Eu poderia acabar de pagar o curso de inglês, e depois dar entrada na moto.

Combinamos em dividir o lucro no outro dia. Contudo, quando apareceu com a grana, Ricardo estava desolado:

"Esquece, Vital. A grana toda era falsa. O que esperar de um estélio? Só consegui separar essas aqui. Tem duzentos reais pra você."

E me entregou um montinho de notas falsas.

Fiquei triste em ver que não poderia fazer o inglês. Tempos depois, falando com o chefe dos tiras, ele me contou que suspeitava que o Ricardo chuveirava a gente, tirando serviços de bandido sem repartir a graça do lucro com a equipe.

"Menino" — ele me disse — *"Sei que você é íntegro, ético e não faria isso. Mas no Ricardo eu não confio. Sabia que ele sumiu com nosso estoque de notas falsas? Tá sabendo de algum trampo que ele levantou sem nos avisar?"*

"Não. Não soube de nada, não."

Entregar o parceiro, por mais sujo que ele fosse, não é digno na polícia. E o chefe dos tiras sabia disso. Por isso, na outra semana, para evitar que eu caísse nesse erro e ficasse queimado com os outros policiais, me colocou para fazer B.O. no lugar de um escrivão amigo dele.

QUEM TEM OAB LEVANTA A MÃO

Conseguimos pegar o moleque de 16 anos que assaltou uma casa lotérica e bateu no gerente de 70 anos e na esposa de 60, além de ter roubado todos os que estavam por ali, em dia cheio de pagamento. Já na delegacia, seu advogado (dativo), ao saber das peripécias do jovenzinho fedido e cabelos sujos de terra, ficou chocado. Disse para ele ir atrás de outro defensor. O pivete acabou ficando sozinho na sala da investigação conosco. Pobrezinho.

Era o que queríamos para conversar com mais empenho até que ele abraçasse todos os B.O.s que nos devia. Entre eles, dois homicídios. Assustei-me quando um senhor grande, de barriga proeminente e bem vestido entrou na sala com os olhos lacrimejando. Era o filho do gerente da casa lotérica que havia sido roubado e espancado.

"Então esse é o Quico?" — disse, com a voz rouca, mas empostada e com decisão. *"Eu só queria ver a cara desse safado. Ele já tem advogado?"*

Respondi que não, indeciso. Afinal, não sabia quais eram as intenções definitivas do outro advogado que havia ido embora.

"Não tem ainda? Então eu faço questão de pagar um advogado para ele. Quanto é? Três mil reais? Eu pago, eu pago! Quero esse filho da puta na rua o mais rápido possível. Já tenho gente lá fora esperando por ele. Você gosta de bater em velhos, né, malandro? Espera que o seu já tá reservado."

Juro que foi a primeira vez que tive uma grande vontade de ter em mãos meu número da OAB, só pra ganhar os três paus prometidos pelo velho e poder comprar o resto dos livros de Direito que precisava.

CUBISMO NO IML

Bem no final do meu plantão, uma mulher foi fazer um B.O. de desaparecimento de pessoa. A vítima era seu marido. Era um homem que já conhecíamos de outras passagens pelo DP. Viciado, metido em pequenos furtos, sempre em más companhias. Sumiu de casa após discutir com alguns traficantes do bairro. Normalmente não dou nenhum tipo de atenção a essas ocorrências.

A pessoa costuma sumir por vontade própria, seja por dívidas, assuntos mal resolvidos, e não quer ser encontrada. Mas a mulher tinha um bebê de sete meses no colo, que sorria todas as vezes que olhava para mim.

Resolvi, então, ir com a esposa até a casa onde moravam para ver se levantávamos alguma coisa. Na verdade, era somente uma encenação corriqueira para tranquilizar os envolvidos. Não ia trabalhar naquele caso mais do que os próximos vinte minutos. Meu salário e os horários de ônibus para a minha casa não me permitiam gastar muito tempo com coisas assim. E já estava quase na hora de eu pegar ônibus para ir para a faculdade. Eu tinha prova de Direito do Consumidor e deveria me apressar.

Na saída da casa, um garotinho com uma pipa em uma mão e uma latinha com linha enrolada na outra olhava curioso para dentro da minha viatura. Depois que já havia conseguido tranquilizar a mulher, dizendo que estaríamos empenhados neste caso com carinho especial, o moleque dirigiu-se até onde estávamos.

"Seu guarda. Eu tropiquei num corpo ali naquele mato."

A mulher não deu atenção às palavras do pivete. Talvez por estar perturbada, talvez por não querer que aquilo fosse verdade.

"Ah, seu moleque" — respondi, aproveitando a raiva por temer perder o ônibus — *"Some daqui, não tá vendo que a senhora tá nervosa? Gente malvada..."* E fui embora.

No dia seguinte, ao chegar na delegacia, vi em cima da minha mesa o B.O. de encontro de cadáver elaborado durante a madrugada. No mesmo matagal que o moleque havia apontado, algumas pessoas encontraram o corpo em uma cova rasa. Às 10h30 da manhã chamei a mulher e fomos ao IML reconhecer o podrão. Um cheiro insuportável. Não me importo em ver a massa disforme de carne. Pra quem está acostumado àquelas abstrações cubistas, não há nada de novo. Mas o cheiro sempre é insuportável. Dois tiros certeiros atrás da orelha esquerda confirmavam a execução. A mulher reconheceu o marido pelos tênis. Às 11h30 fui almoçar.

PESSOAS SÃO ESTRANHAS

Foi a primeira vez em quatro anos que fiz apenas um plantão no carnaval. Até então, meu plantão durava os cinco dias da festa! Dormia pelas mesas das delegacias, ao ponto de, nos últimos dias, eu brigar com qualquer um que me aparecesse por lá para fazer o que quer que fosse, até mesmo registrar um boletim de ocorrência.

Entrei às 18h da terça. Minha equipe ainda não havia chegado. Acabei abraçando um atendimento de encontro de cadáver que a equipe que saía não quis atender. Estranho foi o fato de o médico legista ir junto comigo. Aliás, os peritos do IC também estavam lá. Senti que não era útil por ali. Médico dando ordens como se fosse meu chefe. Se essa onda de CSI que invade a polícia não terminar logo, vou ter mais chefes do que ordens a cumprir.

Enfim, enfarto comum.

O velhinho bebeu o dia inteiro, foi capinar o mato do jardim e morreu. Mesmo se houvesse algum indício de crime pelo local, não ia fazer a menor diferença para mim. A noite seria longa.

Sete acidentes de moto. Cinco de carro. Oito mortos, um punhado de feridos; 38 furtos qualificados, 12 furtos simples, 12 roubos, 2 sequestros relâmpagos. Nenhum estupro. Embriaguez ao volante, desentendimentos, vias de fatos, lesões corporais, um garoto que abriu uma lata de cola de sapato, colocou fogo e ela explodiu.

Meu parceiro Ricardo estava desolado. Caminhava com os olhos arregalados e cansados pelo DP inteiro. O pouco que conversava eram coisas ininteligíveis, que ninguém prestava atenção. Sumia às vezes. Na verdade, ia ao banheiro. Creio que para molhar a nuca e manter-se alerta. O delegado roncava alto em sua sala. O relógio biológico fica maluco. Ao sair do plantão, dormiríamos o resto do dia e à noite não apareceria o sono comum. A vontade de dormir só era regulada à base de Rivotril. E para alguns mais velhos de profissão, somente Rivotril com alguma bebida alcoólica.

Às 5h da matina, quando o sol quase aparecia, Ricardo se recostou na cadeira do balcão de atendimento e fechou os olhos. Acordou de sobressalto.

"Merda, sonhei com um flagrante com 15 pessoas envolvidas! Não aguento mais isso aqui, vamos sair".

Pegou a chave da viatura e me empurrou para dentro dela. Passeamos pela zona do meretrício pelo resto do plantão. Da delegacia, chamavam-nos pelo rádio insistentemente.

Meu parceiro estava quieto. As putas xingavam quando nos aproximávamos delas. A viatura cambaleava de um lado a outro na rua, mas eu nada dizia, em respeito ao amigo e medo do seu cansaço. Até que ele subiu em uma sarjeta, derrubando uma lata que estava na calçada. Arrumou a viatura junto ao meio fio, deitou o banco e dormiu. Fiz o mesmo. Aquele silêncio seria perturbador, não fosse o pequeno choro que saía dos olhos do meu parceiro. Quietinho. Miúdo.

Agora era só esperar dar 8h, comer um pastel na feira e dormir o resto do dia.

PELA PORTA DA FRENTE

Vital comprou um carro novo. Durante o último ano juntou dinheiro arrecadado entre o bico e o rendimento dos acertos nos plantões. O bico era cansativo. Saía do expediente do DP às 8h da manhã e chegava à loja de materiais de construção às 9h30. Não que o trabalho extra lhe exigisse muito esforço. Sua única obrigação era estar presente ali, no comércio. Não precisava abordar ninguém, não precisava colocar ninguém pra fora.

Apenas estar armado já dava ao proprietário do estabelecimento a sensação de segurança que desejava. Às vezes pedia para Vital puxar a capivara de alguém que considerasse suspeito, para saber se fulano tinha passagem pela polícia. Vital saía às 19h. Corria para a faculdade e sempre chegava atrasado.

O dinheiro do bico era certo, ao contrário daquele que aparecia no plantão. Vital, como investigador, deveria atender ao público e vigiar o preso em caso de flagrante. Não havia distinção entre carcereiros, escrivães ou agentes policiais. Os títulos dos cargos estavam apenas na identidade funcional. O estado havia descoberto um recurso malandro: não havia editado lei que determinasse a responsabilidade dos cargos, o que deixava qualquer um obrigado a fazer exatamente o que os delegados desejavam.

Assim, mesmo sendo investigador, se a vaidade do superior lhe ordenasse às funções de porteiro, a ordem se fazia inquestionável. Caso houvesse recusa do tira, certamente ele seria ripado do DP para o mais distante possível de sua casa.

E Vital sabia disso. Temia a ripa, o bonde, a remoção compulsória, com medo de dificultar ainda mais sua frequência às aulas. O DP onde estava lotado era um saco, bairro de bacana que acha ser dono da polícia, mas pelo menos era perto da faculdade. O delegado reclamava que as ocorrências não estavam rendendo o suficiente para pagar suas despesas, e Vital se apressava em apertar acusado para que chamasse o seu advogado e tentarssem um acerto amigável e rentável.

O único cargo distinto dentro da polícia era o de delegado. Vital sabia respeitá-lo de longe. O plantão não era o que desejava, mas por enquanto não tinha a quem recorrer para sair dali. Sem contatos na polícia ninguém sai da cadeira da recepção do DP. Quem não tem correria na administração, amigos influentes que possam tirá-lo da lata do lixo da polícia, estará condenado ao desprezo.

Polícia não tem nada a ver com lei ou justiça. Sucesso na Polícia Civil é sinônimo de padrinho e influência política para poder crescer na carreira. Plantão é o lugar dos sem-padrinhos e daqueles que foram punidos de maneira tácita com o bonde. O policial pode matar, roubar, extorquir, estuprar. Ou ter doutorado em criminologia e segurança pública. Nada disso importa na polícia se não tiver os contatos certos.

E os policiais da chefia, responsáveis pelas investigações dos distritos locais, eram aqueles que se encontravam um pouco acima dos plantonistas.

Mesmo assim, ainda não eram policiais de departamento. Então entendam a hierarquia da inveja: havia os *(i)* policiais do plantão, que eram menos expressivos do que os da *(ii)* chefia, e estes eram nada perto dos *(iii)* policiais dos departamentos especializados.

Mas em tese, todos recebiam o mesmo salário e eram iguais, sem castas. Na prática, os primeiros iam trabalhar de ônibus. Os últimos, de Mercedes do ano. Apesar de trabalhar apenas no plantão, Vital sabia que sua situação seria pior caso fosse escrivão. O tira do plantão pode dormir e passear pela rua de viatura. O escrivão não pode sequer parar para cagar, senão quem para é o DP.

Vital não conhecia ninguém. Não havia parentes que o indicassem para subir na carreira. Olhava com certo ressentimento seus colegas da época da academia que conseguiram pessoas importantes para lhes ajudar e foram diretamente para o departamento de homicídios, de crime organizado ou de narcóticos, sem nunca terem puxado um plantão na vida.

As poucas vezes em que se encontravam, ouvia destes policiais que *"amavam a instituição mais do que qualquer coisa no mundo"* e *"quem não estavam satisfeito com a polícia era porque não havia nascido para aquilo"*. Vital concordava, fazendo um tremendo esforço para parecer natural e não tentar transparecer a hipocrisia que sabia estar ali em seu coração.

"Filha da puta! Ser polícia no DHPP é fácil, trabalhando dia sim/dia não, seis horas por dia. Vem ser polícia no plantão, trabalhando doze horas à noite sem comer e sem hora-extra. E no final, ter que dar o cu para o delegado te deixar sair mais cedo para estudar, correndo o risco de bonde.".

Vital nunca iria trabalhar em nenhum departamento. Era preciso encontrar alguém. Não havia ninguém que trabalhasse exclusivamente pelo valor de seu salário.

Muitas vezes, antes de dormir, quando a cabeça perdia o freio da razão e punha-se a pensar absurdos, pesava se teria mesmo valido a pena o ingresso na polícia. Na ocasião, o salário parecia suprir sua necessidade de estudante. Só não sabia que deveria se submeter a tudo aquilo para conciliar sua vida. Agora era impossível abandoná-la. E também não era uma hipótese que considerasse inteligente.

Não se imaginava aposentado como investigador, aos 60 anos. Talvez como delegado, se esse cargo não desaparecer até lá. Afinal, não via outra função para eles. Quem ouvia as partes? Quem ia até o local de crime? Quem determinava quais objetos seriam apreendidos para a investigação? Quem diligenciava para cumprir as determinações do MP ou do Judiciário? Ao delegado, restava assinar os papéis dos trabalhos trazidos pelo investigador.

Mas todo esse sacrifício para ajudar a manter à imagem de bom andamento do serviço público fora recompensado. Vital comprou seu carro. Cheirando a plástico novo. Agora se sentia um polícia de verdade. Poderia levar Michelle para sair a noite sem ter que depender de ônibus. Poderia chegar na faculdade a qualquer hora, quando desejasse.

Está certo que o trânsito era um problema à parte e, ponderando, achar vaga para estacionar o carro não era coisa mais fácil a se fazer.

Estacionamento, combustível e IPVA exigiriam mais empenho de Vital no plantão para poder pagar as prestações. Ele não era de pedir nada às partes, mas se a situação caísse em seu colo, não pensaria duas vezes em receber.

Advogados são generosos quando querem solucionar o problema dos clientes. E é cômodo ser generoso com o dinheiro dos outros. O dinheiro arrecadado deveria ser repartido entre toda a equipe. O delegado, investigador e o escrivão. Igualmente, se o majura fosse boa praça. Caso ele ficasse com a maior parte, um sentimento de que algo estava errado pairaria sobre os outros funcionários prejudicados, trazendo a desconfiança à equipe.

Pior ainda eram os delegados que ficavam com todo o dinheiro e mentiam para a equipe, dizendo que não existira o acordo. Estes eram odiados pela instituição e amaldiçoados pelos demais. Dificilmente encontravam equipes que os aceitavam, já que todos temiam levar uma chuveirada pelas costas. O majura que pegasse todo o dinheiro pra si, sem reparti-lo, ganhava da instituição o título de mau caráter, pois não repassava o dinheiro da corrupção nem para a Secretaria de Segurança. Dentro dos padrões éticos da Polícia Civil, isso era um erro imperdoável.

O delegado de Vital era um destes. Se não ficasse em cima da negociação, ficaria sem um tostão no bolso. Mas não podia pedir para trocar de delegado, porque mesmo o sujeito sendo traíra, costumava deixá-lo sair mais cedo para assistir as aulas, o que nenhum outro fazia.

Ricardo e Vital, quando saíram para buscar a pizza em uma padaria que lhes fornecia comida na faixa em troca de graças, encontraram dois rapazes de 20 anos fumando maconha no trânsito, em plena Avenida Paulista. Ricardo tinha um faro canino para drogas. Mesmo os garotos estando com o vidro do carro fechado, ele sentiu a brisa de mato entrar pela viatura, logo atrás deles.

"Esse moleques estão fumando maconha. Desce, Vital!"

Ricardo abriu a porta da VTR com o pé, saindo com a arma em punho. Vital gostava da impulsividade do parceiro. Era bom de chegada, tira cana dura que gostava de bater. Não era muito de papo, havia tomado um bonde da Zona Norte porque matara alguém na pancada.

Na equipe do plantão, não demonstrava chateação por estar ali sentado. Mas às vezes Vital se sentia receoso com as atitudes aparentemente impensadas do colega. Abordava veículos suspeitos em suas horas de folga. Metia algema em valentes que brigavam no trânsito. No início pensou que tanta coragem era desculpa para encontrar flagrantes e ganhar mais dinheiro no acerto. Mas enganara-se. Ricardo gostava de bater.

"Abre! Abre! É polícia!".

E não é que os moleques realmente abriram ao comando do maluco? Vital, do outro lado, forçava a fechadura da porta tomando o cuidado em verificar se alguém dentro do veículo estava armado. Ricardo enfiou a mão no carro e arrancou o rapaz do volante. *"Boyzinho do caralho! Filha da puta! Vai fumar maconha na sua casa, arrombado."*

Na delegacia, Vital descobriu que os jovens eram seus colegas de faculdade. Eram do primeiro ano e se recordavam de vê-lo pelos corredores. Pelo menos um deles disse conhecer Michelle de vista. Tentou acalmá-los, pedindo para ligarem para seus advogados. O delegado veio saber do caso com Vital, em particular:

"São alunos da USP, doutor. Meus bichos."

"Da USP? Então a família tem fôlego para me dar o sorriso desta noite. Minha ex-esposa tá me enchendo o saco com a merda da pensão."

Vital desejava participar do grêmio estudantil no ano seguinte e temia que os garotos saíssem dali com uma má impressão sua.

Por isso disse ao delegado que dali não era bom tirar nada, porque eram filhos de gente poderosa, e poderia lhes trazer complicações.

Quando o advogado chegou, Vital fingiu estar dormindo para não se envolver nas negociações. O delegado o recebeu sozinho em sua sala:

"Que cagada desses moleques, doutor. São meninos bons, jovens, com um futuro promissor. Alunos da USP, porra. Não mereciam estar aqui. Só de olhar para eles qualquer um entende que são de outra condição. A minha delegacia é para bandido, não para jovens tão inteligentes. Mas fizeram essa cagada. Do jeito que estavam, podem ser enquadrados no tráfico ou no porte de entorpecente. Depende da interpretação que darei aos fatos."

"Mas doutor, convenhamos. Estavam fumando apenas um baseado entre eles."

"É, eu sei. Por mais que minha decisão do flagrante seja quebrada no fórum, posso elaborar o auto e eles passariam, no mínimo, uns oito dias enjaulados. Aí a vida deles iria para a merda. Que concurso conseguiria passar alguém que já foi indiciado? Tá foda. Se fosse só por mim, eu livraria a cara deles e os deixaria ir embora sem assinarem nada. Mas como meus investigadores viram toda a cena, dificilmente poderei fazer alguma coisa para ajudá-los. Minha carreira está em jogo, entende?"

"O senhor tem autoridade sobre seus funcionários, doutor. Dê uma chance aos meninos. Seus pais serão bastante generosos com o senhor e sua equipe. O que podemos fazer para ajudá-los?"

O delegado respirou fundo, olhou o teto e pediu para sair da sala. Subiu as escalas do prédio, avistou Vital deitado no banco de espera da chefia no primeiro andar, enquanto Ricardo jogava paciência no computador de uma das salas, com a luz apagada. Tomou um café, fumou um cigarro. Quando voltou, sentenciou:

"Quarenta mil reais. É o preço que eles me disseram para ficarem quietos. Infelizmente, é o que podemos fazer para os meninos irem embora pela porta da frente, sem assinar nada. E sem algemas."

Vital pensou em abandonar a faculdade. Nunca se formaria estando na polícia. Mas não havia como terminá-la sem seus vencimentos. Ouviu os garotos irem embora pela porta da frente, contentes. Contariam pelos corredores da faculdade o quanto seu veterano cobrou para saírem do DP sem o B.O. O delegado havia vendido sua equipe toda.

O escrivão resmungou algo de insatisfação pelo desfecho da negociação que não lhe rendera um real sequer. Vital não perguntaria pelo acerto. Sabia que o delegado mentiria, dizendo que nada havia sido feito e que liberou os meninos por pena. *Playboyzinhos* filhos da puta.

Não teria coragem de sair candidato a nenhuma chapa do grêmio no ano seguinte. Pensou na hipótese de fazer mais um bico além do atual para poder pagar seu carro novo. Era o que bastava para abandonar as aulas.

O VELHO

Uma madrugada de tranquilidade. Os funcionários foram se deitar por volta das 4h. O delegado avisara que, caso a ronda noturna com o delegado de sobreaviso da corregedoria aparecesse, deveríamos fingir que a equipe estava no primeiro andar jogando baralho. Dormir no plantão era falta grave.

A administração os obrigava a aguentar as 12 horas ininterruptas com presteza. Sabiam que se a ronda resolvesse aparecer seria por volta das 4h, depois que o pessoal da corregedoria acordava. Aí poderiam trancar a porta do DP e apagar.

Vital ficou aguardando a possível ronda chegar no andar superior do prédio. Com muito sono, também se deitaria.

Em dado momento, ouviu uma voz chamando na bancada de pedra da recepção da portaria:

"Eu quero fazer um registro de ocorrência!"

Com um sotaque carregado de carioca, a voz pigarrenta de um velho ressoou pela delegacia. Vital desceu apressado as escadas, mas com certa calma, para não demonstrar ao contribuinte que estava quase dormindo.

Era um careca de pele manchada, poucos fios brancos que insistiam em não desaparecer ao longo de suas orelhas enormes. Rosto fino, no qual os olhos afundavam sobre bolsas cansadas. Olhava para o vazio. Por algum motivo que Vital não queria ter que pensar, o velho vestia terno marrom, chapéu e fumava charuto.

"Eu quero fazer um registro de ocorrência."

"Um boletim de ocorrência?"

"Dê o nome que quiser à notitias criminis que lhe trago. Eu também fui da polícia, meu filho. Quando mais jovem, claro, lá no Rio de Janeiro."

Vital não gostava de cariocas. Principalmente do sotaque. Se não bastasse essa sua pré-disposição, o velho ainda apresentava um ar aristocrático que lhe incomodava. Que diabos um velho caquético como esse vinha fazer na delegacia àquela hora da madrugada? Será que só estava ali para mostrar que sabia o que era uma *notitia criminis*? Outro ganso, com certeza. Alguém que gostaria de ter sido polícia, não conseguiu, e agora ficava assombrando as delegacias com sua presença.

Vital estava com o discurso pronto para se desfazer da encheção de saco que era o velho e, enfim, dormir. Deveria levantar as 8h30 para poder assistir à aula que perdeu na noite anterior. Por isso, nada o impediria de dormir, nem que fosse por alguns minutos do resto daquela madrugada. Diria ao velho desgraçado que o sistema eletrônico de registro de boletins de ocorrência estava fora do ar, como sempre fazia para se livrar das vítimas chatas.

"Eu quero falar com o delegado. Você é o delegado?"

"Não. Sou o investigador."

Definitivamente, Vital odiava cariocas. E queria dizer isso ao velho, mas ponderou. A sentença ficou pela metade, e a palavra órfã. Se fosse o Ricardo, com certeza já teria mandado esse desgraçado à merda. Cariocas folgados. Os velhos eram piores. Este lhe lembrava o Niemeyer, o velho carioca com um puta mau gosto.

Vital sempre se lembrava do festejado construtor quando tinha que ir ao prédio do DETRAN, por ele construído. Durante os dias de verão, estar naquela caixa quente de cimento sem ventilação era claustrofóbico. Os funcionários daquela repartição sofriam com o calor e maldiziam o gênio da arquitetura moderna.

Evidentemente, Niemeyer nunca teve que trabalhar atrás de um balcão de repartição pública. Por isso pouco se importava com os trabalhadores.

"O que aconteceu com o senhor?"

"Quero falar com o delegado. Sou um ex-colega. Fui comissário de polícia no Rio." E tragou seu charuto com extremo prazer, tentando fazer com que a fumaça saísse de sua boca em bolinhas.

"Comissário? Da marinha?"

"Comissário da polícia. Antes de haver delegados, havia os comissários de polícia. Nunca ouviu falar?"

Era o ponto final para a conversa. O velho já tinha sido demasiadamente arrogante com essa lição de História. Vital estava pronto para chutar-lhe porta afora.

"O delegado saiu. Estamos sem sistema para registrar sua ocorrência. Volte pela manhã, depois das 9h. E eu achava que comissários só existiam nas histórias ruins do Rubem Fonseca. De comissário, só conheço o Mattos, do livro Agosto."

Vital não conseguiu ver se o rosto do velho naquele momento demonstrava desprezo por estar sendo chutado da repartição policial. O homem ficou inerte, fitou o policial com profundidade.

Dava para notar que, com a ponta da língua, saboreava o pouco do charuto que se escondia em sua boca murcha, fazendo a fumaça sair da outra extremidade em desenhos enviesados. Balançava a cabeça positivamente, mas Vital quase não notara o balanço. Ao se aproximar, o investigador sentiu o cheiro alcoólico do hálito senil. Entendeu na hora que aquilo poderia se tornar um problema. Deveria ser rápido no despacho.

"Desde quando um investigador lê livros? Na minha época o bom inspetor – era assim que nós os chamávamos – só precisava ter coragem de bater. E saber matar, se necessário. Mas ler livros? Você, jovem, consegue entender as obras de Rubem Fonseca?" Podia-se ver um sorriso de escárnio lambuzando sua boca de barba mal cortada.

Caso fosse uns trinta anos mais novo, Vital já teria pegado o velho pelo cu da calça e chutado até o asfalto. Se mais novo ainda, o algemaria e o jogaria no corró por causa da falta de respeito. Mas temia que a fragilidade da idade resultasse em ossos quebrados. Respirou fundo:

"E há coisas para entender em Rubem Fonseca? Um autor prolixo, de histórias pobres. Um maçaneta que nunca pisou em uma delegacia

na vida. A literatura policial brasileira sofre desse mal. Ela é escrita pela classe média arrogante e que odeia a polícia. Médicos, madames, playboys... o que esses cretinos entendem de polícia? Quinhentas páginas em que lamentam a fuga do papai que nunca mais voltou para casa... Não sabem quem é a polícia. Só sabem falar de seus próprios umbigos. Nunca se preocuparam em saber a bosta da vida do policial, preso entre a criminalidade e a administração da elite. Onde já se viu? Advogado investigando crimes? Um advogado chamado Mandrake? De que polícia ele fala? Da Suíça?

"Rubem Fonseca também foi policial" — o velho estava menos eufórico diante do discurso do investigador.

"Policial o caralho! Polícia é quem faz plantão e tem que atender vítima chata de madrugada, que acredita no governo e acha que o Estado possui a polícia do NYPD. Ele era maçaneta. Delegado de departamento, que trabalhava dois dias por semana. Era das relações públicas da polícia. Filho de gente importante. Conseguiu estudar e crescer porque era influente. Nunca deu um tiro na vida. Nunca prendeu ninguém. Que polícia é aquela que ele retrata? A polícia do incrível mundo de Rubem Fonseca? Delegados incorruptíveis que lutam contra a imoralidade os imundos subalternos que denigrem a instituição? Ele é outro estúpido que escreve romances policiais com a pretensão de ganhar prêmio literário. Ser livro da Fuvest. Quem lê Rubem Fonseca? Aposto que ninguém interessante."

"Ele era policial."

Vital respirou fundo. Notou que havia se exaltado demais e o velho estava perturbado com suas palavras. Talvez tivesse se ofendido.

"Você tem razão, rapaz, quando diz que o que ele escreve é duvidoso. Não acho que Rubem Fonseca seja genial. Sua retórica é de um Nelson Rodrigues menos inspirado. Mandrake realmente é um bufão, uma fraude. Uma piada com a crítica punheteira e bichona. E a imprensa caiu nessa conversa fiada. Mas ele foi policial. E isso posso garantir. Ele era um comissário corajoso, destemido. Gostava de perseguir os bandidos com lógica e razão. Ele não apostava na violência, e por isso se afastou das ruas."

"Como poderia ter sido um policial tão ativo, se o que escreve não tem nada a ver com a realidade da polícia? Advogado investigando? Quer coisa mais surreal do que isso? Advogado toma dinheiro do cliente, e não tá nem aí pra investigação."

Vital se aproximou do velho e sentiu seu odor desagradável de álcool e tabaco. Conseguiu ver a marca do charuto: Panatela. Não conhecia, talvez fosse importado. Afastou-se mais um tanto, porque começou a sentir um cheiro de merda. Leve. Mas era de merda.

"A literatura não é a vida real, meu caro rapaz, como você deseja. Deixe a vida que você atende todos os dias nessa delegacia para o jornalismo. A literatura discute a vida com outra verdade, com outra ferramenta. E o romance policial é uma dessas possibilidades. Fala-se da relação entre as regras sociais e as coincidências da verdade que as atropelam sem pedir licença. Você precisa entender que somente um olhar externo ao Estado consegue identificar a desgraça que é a vida da polícia. Um policial nunca seria capaz de escrever sobre sua própria condição de oprimido, sabia disso? Por isso todos os livros de policiais precisam de um personagem que não é nem bandido, nem policial, para estabelecer uma relação entre a lei e a verdade. E o Rubem usa o advogado porque no Brasil não existe o Private Eye, já que o nosso detetive particular é o ganso."

O velho ria enquanto ensinava Vital, levando a mão à boca para impedir que sua saliva escorresse pelo queixo. Vital estava quase gostando da conversa, não fosse o sono.

"É o detetive que pode interpretar os sinais do crime sem a cegueira da polícia ou a loucura da vítima. Ele não pertence ao mundo do delito, tampouco ao mundo da lei. Está à margem de todas as regras. E estando às margens, pode dizer aquilo que quem pertence ao universo do crime ou do Estado não pode dizer. Ele pode ser aquilo que nenhum polícia teria a condição de ser: um intelectual. Você, policial, consegue manter a linha racional e independente ao longo de uma investigação?"

Vital não estava preocupado em responder. Havia bocejado algumas vezes para fazer o idoso entender que não era bem-vindo ali, mas não funcionava. O velho queria falar e o policial, por educação, estava ouvindo. Mas não sabia até quando.

"Eu sou polícia do plantão? Desde quando o plantão investiga? Aqui todos somos porteiros, senhor. Porteiros de luxo. Ou porteiros de lixo, como dizemos aqui. Nós tentamos ao máximo não transparecer para a população o quanto ela esta desprotegida. Na verdade, só se investiga aquilo que a imprensa exige, ou algo que vai dar muito lucro aos policiais."

O sono estava fazendo Vital falar demais. Talvez a raiva que sentia pelo velho estar ali, naquela hora, tivesse ajudado a dizer coisas que assustavam tanto, até a si mesmo. Mas o velho não parecia prestar atenção às lamentações do investigador.

"Viu, meu jovem. A polícia, como instituição, funciona mal. E torna seus policiais animais antissociais. Rubem temia isso. Não queria ser um sociopata. Queria ter esposa, filhos, casa para morar e levar as crianças para comer na sogra aos domingos."

Vital estava pronto para pedir ao velho que se retirasse e reiterar o pedido para voltar mais tarde. As horas corriam no relógio e ele começava a ficar ansioso por não dormir. Estava tão absorto no desespero para descansar que deixou escapar o detalhe do velho saber tanto sobre a vida de um escritor.

"Não há como ser policial sem ser violento? Veja você. Vejo que é um rapaz inteligente, causa surpresa estar aí, deste lado do balcão. Acha que vai conseguir manter essa velocidade de raciocínio por mais quanto tempo sem se desumanizar?"

"O senhor é como todos. Adora Rubem Fonseca e odeia o policial. E hoje o Rubem Fonseca, para se eximir de se explicar por que seus livros são tão ruins, faz o tipo Greta Garbo e não conversa com ninguém. E a mídia adora isso. Trata-o como uma entidade sagrada, inatingível. Para mim ele é viado."

"Besteira!" — bradou o velho, descendo sua mão branca e de pele viscosa com força sobre o granito gelado do balcão.

A voz alta e ensopada de pigarro do velho fez Vital despertar. A reação violenta daquele senhor lhe deixou receoso. Como podia ter deixado a conversa prolongar-se tanto? Ou mandava a figura embora, ou registrava sua ocorrência. E a última hipótese não lhe parecia mais certa.

"Vocês jovens são tão prepotentes. Não sabem respeitar aqueles que lhes abriram caminhos. Antes não havia romance policial no Brasil, meu caro. Só palavrinhas bonitas e um monte de intelectual de esquerda que achava bonito ser miserável. O que você sabe de literatura? O que você sabe de polícia?"

Os olhos do velho saltavam por sobre as bolsas que antes os escondia.

"E hoje continua não havendo nada. O que há é um monte de palavrão sobre gente miserável. Quem são nossos escritores policiais? Toni Belotto? Garcia-Roza e seu médico asséptico? Ou seu delegado Espinoza, alheio à violência cotidiana do Rio. Insignificantes, de um mundinho paralelo, que nunca chegarão às massas. Manoel Carlos e Paulo Coelho são mais representativos, dentro de suas mentiras sociais".

Àquela hora, uma discussão como aquela não levaria a caminho algum. A ronda da corregedoria não aparecera, e Vital perdia tempo com um homem desconhecido.

O velho não parecia feliz com o ponto de vista de Vital. Abriu a aba do paletó e mostrou o cabo do revólver que trazia no coldre da cintura. Um trinta e oito, cromado, cabo de marfim. Vital ficou preocupado com aquilo. Afinal, um homem entrara armado na delegacia.

O velho não apresentava intenções de machucá-lo. Apenas mostrou a arma a Vital, que não compreendeu o motivo do show. O velho sorria com dentes amarelos e manchados de preto entre um e outro. Se ameaçasse colocar a mão no revólver, Vital sacaria a pistola e estouraria os miolos daquela decadência ali mesmo.

Mas então se lembrou que havia deixado sua arma no banco da chefia onde costumava dormir. Gelou ao lembrar o quanto estava vulnerável, e por sua estupidez em atender alguém de madrugada estando desarmado. Não havia regras internas de como se devia atender ao público. Isso se aprendia na prática do dia a dia.

Só restava ser rápido o suficiente para não deixar o velhote atirar. Não deveria ser difícil, já que naquela idade ele não apresentava ser um exímio lutador. Seria dominado com rapidez.

"Eu fui policial. E dos bons. Matei um cara só na vida. E por causa disso minha vida terminou. Deveria ter matado mais. Saia dessa merda enquanto é tempo, garoto. Se não vai terminar numa bosta de vida, como a minha. Com gente descartável. Hoje estou velho, e não preciso mais ter medo de matar pessoas. Mas minha vida inteira eu tive medo disso. Só porque o filha da puta que matei morreu olhando pra mim. Desgraçado. Ele me matou também, olhando pra mim. O que me consola é a literatura. E tudo o que leio me cansa. Odeio gente, entende?"

Não era uma pergunta para ser respondida. E Vital sabia disso. Queria muito que Ricardo, que provavelmente estava jogando paciência em algum lugar da chefia, no segundo andar, viesse lhe ajudar. Se o velhote soubesse que havia outros policiais, talvez não fizesse nada mais do que falar.

"Ia lhe recomendar, garoto, que saísse da polícia porque parece inteligente demais para estar aqui. Seu lugar não é aqui. Mas não porque pensa diferente. Porque é subversivo. E um pobre ser subversivo é perigoso. Se a polícia não perceber isso logo, ambos terão problemas." O velho puxou uma bufada funda de seu charuto.

Olhou o nome dos investigadores que faziam plantão naquela noite na placa da parede. Perguntou ao Vital qual dos dois nomes estampados era o seu:

"Só respondo se me disser qual seu nome."

"E isso vai fazer diferença à sua petulância?"

O velho virou-se, abriu a porta de vidro da saída e desapareceu na noite. Vital correu para trancá-la, a fim de que ninguém mais ousasse lhe perturbar naquela noite para mais nada. Para tudo mais estavam fechados. Não conseguiu dormir mais. Teve que ir para a faculdade com a noite em branco. O sono resolveu aparecer no meio da aula de Direito Previdenciário.

Dias depois, na delegacia, um envelope lhe esperava. Dentro dele, folhas de papel, amarelas e rasgadas de um livro. Arrancadas sem nenhum cuidado, como que por mãos inseguras.

Um texto chamado: *"Os sujeitos trágicos: literatura e psicanálise."* Sob o título, uma dedicatória: *"A polícia não teria nenhuma graça todos seus policiais fossem como nós. E a literatura não serviria de nada se seus personagens fossem como nós deveríamos ser. RF."*

CASA NOVA

F inalmente, Ricardo conseguiu ser transferido para uma equipe da narcóticos. Uma delegacia inteira do DENARC havia caído por descuido dos próprios policiais que a compunham. Vazou para a imprensa que, do delegado ao carcereiro, todos davam proteção a algumas bocas de fumos na Zona Norte. Dentro da especializada, suspeitou-se que tais informações foram dadas aos jornais por outra equipe do próprio DENARC, insatisfeita por terem perdido a concorrência do lucro de várias bocas de fumo na Zona Norte.

E ainda, outros boatos diziam que a caguetagem partiu dessa própria equipe do atual delegado do Ricardo.

O investigador estava empolgado com sua ida para o departamento, mas sabia do risco de queda dentro da especializada, caso alguém de lá desse alguma mancada.

O diretor da entorpecente condicionou a retirada de todos os policiais com a imagem maculada para que não fossem exonerados. Se insistissem em ficar, a imprensa vasculharia a vida de todos do lugar, inclusive dele próprio.

Seria arriscado deixar os repórteres saberem que nenhum policial do DENARC vive de seus próprios salários. Muito menos de bicos. O secretário de segurança temia que viesse à tona o quanto arrecadavam para o partido do governo com a venda de drogas para os traficantes. A cabeça de 12 homens de uma delegacia em troca da estabilidade política do maior estado do país era um ótimo negócio.

Mas nenhum dos policiais que caíram iriam para o DECAP, trabalhar em distritos da capital. Isso seria injusto e desumano com homens que tanto ajudaram ao governo de São Paulo. Ficariam encostados em outro departamento, onde só trabalhariam se quisessem.

O delegado que fora convidado para compor a nova equipe havia conhecido Ricardo em um puteiro do Itaim. Afeiçoara-se ao rapaz, com sua força física e violência contida. A polícia precisava de homens como aquele. Os novatos de hoje em dia só queriam saber de estudar e virar promotores de justiça. Soubera até que um investigador passou no concurso para defensor público. Que canalha!

O único problema para a ida de Ricardo seria seu delegado do plantão. Ele não autorizaria a saída do policial, porque achava uma grande falta de respeito terem feito o convite ao investigador, com apenas quatro anos na polícia, enquanto ele próprio acumulava dezesseis anos de janela, sem nunca conseguir trabalhar em departamentos.

Seu rancor foi sufocado quando veio o pedido do próprio diretor do DENARC para liberar Ricardo. Era impossível recusar o convite de alguém que, além de delegado de polícia, era também o grão-mestre da loja maçônica.

Além disso, era à essa loja que o delegado plantonista de Ricardo devia sua aprovação no concurso público. Negar um pedido ao grão-mestre significaria o fim de pequenos privilégios, como a vista grossa feita pela corregedoria aos seus pequenos acertos durante seus plantões. Certamente, seria o primeiro passo para ser preso.

Vital sentiu a ausência de Ricardo no plantão. O parceiro que ocupara seu lugar era um senhor de cinquenta e tantos anos, pescador e diabético de nome Angélico Paranhos Fleury. Vital nunca teve coragem de perguntar a ele sobre sua família. Sempre cansado, o velho dizia não saber dirigir viaturas, colher impressões digitais de presos, digitar boletins de ocorrências... todo o trabalho do plantão era agora de responsabilidade do Vital.

Não conseguia sequer ir ao banheiro, porque o novo parceiro, grau trinta e três na mesma loja maçônica do diretor do DENARC, dormia o dia inteiro em um canto da chefia. À noite ele sempre ia ao bico e abandonava o plantão, deixando Vital sozinho.

Ricardo chegou a ligar algumas vezes para Vital. Comentava das canas cinematográficas que o DENARC possibilitava, além de como sua vida estava prosperando. Veículos à vontade. Armas. Interceptações telefônicas. Trânsito livre na alta cúpula do governo.

"Aqui a gente sabe de coisas sobre os fodões que nem o governador sabe, meu caro. Aliás, ele está em nossas mãos. Se não fosse o DENARC, o partido dele não conseguiria se reeleger por tanto tempo."

A equipe de Ricardo só não tinha conseguido construir uma boa imagem junto à imprensa. Para isso era necessário alguém com uma desenvoltura que ninguém ali possuía. Não havia nenhum tira naquela equipe capaz de ser simpático e articular duas palavras com repórteres sem mostrar a gana por dinheiro nos olhos. Não tardou muito para se convencer da necessidade da presença de Vital ao seu lado no DENARC.

"Conheço o Vital, doutor. Além de cana-dura, é bom de acerto e não deixa rabo para ninguém."

"Me disseram que ele faz faculdade. Ele pretende estudar? Aqui não vai ter tempo para mais nada."

"Estudava. Sua vida é a polícia agora."

Em três dias, a partir da óbvia aprovação de Vital pelo departamento, ele já integrava a equipe C da terceira delegacia de investigações sobre entorpecentes do DENARC. A mesma de Ricardo.

Tinha à sua disposição um carro do ano, blindado, conseguido com um traficante; combustível e celular pago pelo Estado. Freqüentava festas com garotas de bundas empinadas, coxas grossas e seios fartos, e todas queriam saber como era trabalhar no DENARC.

E Vital as devorava como se nunca tivesse tido uma mulher na vida. Aprendera a abordagem perfeita para não pagar pela foda. Respeito e admiração, mesmo que instantâneos. Todas eram suas esposas durante uma noite.

Ricardo tinha os informantes, e Vital o sangue frio e tempo de chegada. Já não se preocupava com as aulas e os trabalhos que o aprovariam na faculdade. Dedicava-se vinte e quatro horas a viver da investigação.

Michelle havia sumido de sua vida, mas não de seu coração. Ricardo não gostava de saber disso.

"Vital, você tem estado distante. Tem visto sua mina?"

"Ela não é minha mina. E não a vejo há muito tempo."

"Muito bem. Sabe que polícia do DENARC não tem família, né? Se quer esposa, filho e casinha, volte pro DECAP. Volte para os plantões em distrito. Entenda: agora somos a elite, fazemos parte da nata desta porra. Fomos escolhidos porque somos os melhores."

Um sorriso amarelo de Vital estampara em seu rosto uma indesejada consciência cínica da situação. Ricardo constrangeu-se em silêncio com a sinceridade tácita do parceiro. Ambos sabiam que só chegaram ao DENARC por terem sido apadrinhados por um grão-mestre da maçonaria.

Em nenhum departamento os policiais eram escolhidos por mérito pessoal ou dedicação ao trabalho. Bastava um bom contato. Nessas condições, até o Angélico, o tira diabético e pescador, faria parte da elite. Não de delegacia operacional, evidente, pois isso exigia disposição e energia. Mas em outro lugar do prédio que lhe condizia com seu perfil. Qualquer sofá macio para deitar e confortável para sentar e aguardar a aposentadoria, que só chegaria aos 60 anos.

"Eu só consegui provar ao delegado que tinha o perfil para ser do DENARC quando abandonei tudo pela polícia, Vital. Até a Clarissa. Quando ela começou com uma ideia ridícula de casamento. A polícia tá no meu sangue. Não deixe essa oportunidade passar. Se não conseguir fincar raízes aqui, virará peça de troca, e irá embora no lugar de alguém mais disposto."

"Eu estou disposto. Gosto do DENARC."

"Não basta. Sabe quantos tiras provam o pó na mão do traficante dentro da boca de fumo para saber se vale a pena ou não dar a cana?

Poucos. E eu sou um deles. E me orgulho disso. Fique perto de nós, Vital. Chegaremos ao topo."

"Será que Michelle se casou? Talvez sim. Era tão linda."

Ricardo desistiu da conversa. Às 15h, em um posto de gasolina da Rodovia Raposo Tavares, interceptariam um Astra vindo de Campinas e confirmariam o que o informante de Ricardo lhes dissera: dentro do veículo havia um homem desarmado, sem perigo.

Mera mula endividada, que trazia 12 quilos de cocaína. Bastou conduzi-lo ao prédio do DENARC, confirmar o teor da *Erytroxylon* com a perícia e começar a parte boa do trabalho.

Ricardo vendeu oito quilos para o mesmo traficante que havia feito a encomenda. Guardou dois quilos no DENARC para eventuais serviços de investigação e ficou com o restante para diversão própria.

Vital recebeu oitenta mil. Vendeu seu carro antigo (não precisava mais dele, já que o Estado tinha lhe dado um bem melhor) e comprou um apartamento no centro. Não se preocupava mais com o salário desde que tinha ido para a narcóticos.

"Polícia que saca o dinheiro do salário não é polícia. É trabalhador. Deixa essa bosta de salário para o lixo do DECAP, Vital. E, porra! Por que você ainda não tem um rádio Nextel? Caralho, polícia do DENARC tem que ter um Nextel. E ligado 24h. Vou te arrumar um de graça. Tem um camarada meu que é diretor da empresa, lá na Bela Cintra. Me deve muita coisa, aquele corno."

"Polícia que não tem uma mulher séria sorrindo ao seu lado enlouquece, Ricardo. Somente Michelle sorria com sinceridade."

E foram ao Café Photo tentar fazer Vital esquecer Michelle. Mas não é que o desgraçado encontrou uma puta com a cara dela por lá?

BERLINDES

Não havia ninguém na casa quando cheguei por volta das 18h. Era uma construção de tijolos aparentes, com um bar fedorento na frente e seis casebres no fundo, contíguos. Campanamos os dois dias anteriores pra confirmar a movimentação.

Certeiro! Boca de fumo, não das grandes, como eu gostaria que fosse, mas o suficiente para sustentar viciados de um cortiço pequeno numa viela esquecida do centro da cidade. Além disso, o flagrante poderia ajudar com minhas contas do mês. Na kombi estacionada logo à frente, estava o resto da equipe filmando com uma câmera que havíamos pegado de um ônibus vindo do Paraguai meses antes. Ônibus este que rendeu um B.O. de averiguação de contrabando para a gloriosa polícia e carros zero quilômetro para todos do DENARC.

Para mim, só restou uma microcâmera. Eu estava de férias e não acompanhei essa investigação. Quando voltei ao trabalho, a câmera pequenina (do tamanho de uma cabeça de alfinete) estava caída atrás do armário de pastas. Alguém havia encomendado sua compra, mas nunca a receberá, graças a generosidade do motorista, que teve que se desfazer da carga contrabandeada para não morrer. E sorte dos policiais, que tiveram um natal gordo. Quanto à câmera, ninguém queria aquilo. Pensei nas aulas de prática forense que não conseguia assistir por causa do trabalho. E que quando conseguia, acabava dormindo antes de responder à chamada do professor. Agora eu poderia gravá-las e assisti-las em casa.

Como eu estava em um carro estacionado em frente a um boteco próximo à boca, deveria avisar pelo HT quem saía da casa com qualquer movimentação suspeita. O típico usuário que fora buscar o veneno. Os outros investigadores o seguiriam e, já longe o bastante dali para não serem percebidos, o abordariam com ameaças de prisão caso não colaborasse no possível flagrante que todos nós esperávamos.

Quando cerca de quatro viciados foram pegos, já tínhamos certeza da quantidade de drogas que encontraríamos lá dentro. Sabíamos também quem nos esperava e a certeza da presença de armas. Segundo nos disseram, eram três revólveres e uma semiautomática.

Foi então que vacilei. Uma criancinha de aproximadamente três anos, de olhos claros (azul-piscina?) saiu da casa vigiada com um pacotinho nas mãos, trouxinhas feitas com plástico de sacola de supermercado. Não pude deixar de admirar aquela coisinha com ranho escorrendo pelas narinas miúdas e trapos de crochê escondendo seu corpo barrigudo, imundo de terra, atravessando a rua sozinha e vindo até o bar.

Passou por mim envergonhada. Talvez percebesse o quanto eu admirava as pérolas de seus olhos. Foi até o boteco e entregou a um senhor de barbas negras sentado em uma mesa as trouxinhas, que naquele instante eu tinha certeza do que eram: crack. De cheiro inconfundível. Em retribuição, o homem pediu ao dono do bar que entregasse uma bala a menininha.

Fim da campana para mim. Avisei pelo HT que a última pessoa da noite que iria comprar pedra na boca já tinha saído. Saí com calma do carro e, ao invés de me dirigir para a boca de fumo, entrei no bar. Éramos somente eu, o dono do bar, o homem barbudo e a criancinha. Assim que ela passou por mim e saiu do bar, levantei e encostei a quadrada no queixo do barbudo, que aquela altura já dechavava a pedrinha. Pedi o bagulho a ele. Enquanto o algemava, ouvia pelas costas a porta da boca de fumo sendo arrombada pela minha equipe, gritaria, mulheres pedindo para não apanharem.

Levei o mala até a barca que chegara naquele momento. Passei a noite procurando a criança que havia visto entregando o pacotinho de pedra. Nada. Sumiu. Nenhuma das pessoas presas na operação sabia da menina de olhos com bolinhas de gude.

Berlindes. Lá dentro, encontramos maconha embaixo do berço no bebê, com ele dormindo em cima. Mulheres com crack escondido dentro de si. Armas e outros quarenta mil reais encontrados em uma lata foram igualmente divididos entre os investigadores e delegados (a mensalidade do colete à prova de balas e o coldre israelense que havia comprado foram salvos de uma só vez. Valeu o esforço), sem se esquecer dos duzentos reais — em notas de um e dois reais — que deveriam ser apreendidos no inquérito para ficar comprovado que ali existia a mercância de entorpecentes.

Ninguém teve coragem de enfiar a mão na privada onde a velha de 61 anos (grávida de cinco meses), havia dispensado certa quantia de droga. Deixamos ir embora esgoto abaixo. A velha foi levada para a delegacia, passou a noite lá, tossia sangue coalhado e morreu dois dias depois na Santa Casa. Tuberculose.

Ricardo e o delegado ficaram contentes com o trampo que eu havia levantado. Encontramos o suficiente para satisfazer a gana da mídia, nos manter em evidência com aparência de competência e ainda dividir o resto da droga entre a equipe.

Diziam que o governador, apesar de insatisfeito com a arrecadação de nossa equipe, não reclamava, pois sabíamos construir nossa imagem com cuidado. Quanto às rendas, Ricardo estava construindo aos poucos sua rede de trabalho. Em breve renderíamos tanto quanto qualquer um. Eu com a parte institucional. Ricardo cavando lucros com os traficantes.

A menininha da boca de fumo não apareceu. Voltei lá algumas vezes depois. Nem sinal daqueles olhos. Ricardo me ligou e disse que era para voltar e não me preocupar com aquela miséria. Deveríamos ir ao Café Photo, o puteiro onde nosso delegado fazia a segurança.

PONTO QUARENTA

Minha arma suava no coldre atrás de minha cintura. A ponto quarenta é um excelente equipamento, alto poder de impacto, derruba no ato imediato após o encontro com a massa corporal. No interior do corpo, explode como um pequeno míssil, sem transpassar (pelo menos, assim reza a lenda).

Arma urbana para ferir apenas o alvo desejado sem o risco de machucar ninguém que inocentemente esteja atrás do objetivo. Eu ainda não tinha uma cabrita, nunca pensei na hipótese de precisar de uma vela para jogar ao lado do bandido morto, e assim forjar uma cena de revide de tiro. Por enquanto essa era a única arma que eu tinha.

A 9 mm, apesar de admirada, tinha o uso proibido. E o polícia que a usava era tido como burro. Porque ela era transpassante, furava tudo o que encontrava na frente. Nem bandido gostava de usá-la. A pessoa atingida pelo projétil de uma arma dessas demorava a cair. Mesmo que o tiro fosse no peito, o pulmão insistia em não esvaziar, o que lhe dava alguns importantes segundos de vida para uma reação.

Deixei o carro distante dos barracos, debaixo de uma sombra fresca. Caminhei até o lugar fedorento onde esgoto e restos de comida moravam com a namorada de Filé, o traficante que eu precisava capturar.

Normalmente eu não iria sozinho cumprir mandados de prisão, mas Filé já havia combinado com o meu delegado para voltarmos juntos. O filha da puta era um bandido excelente para a polícia, e sabia que ser preso era parte do seu jogo.

O melhor informante da nossa equipe precisava de tratamento especial. Ricardo não poderia fazer a cana para não se desgastar com Filé, já que assim corria o risco de perder tamanha fonte de informação.

"Fica tranquilo, Vital. Já falamos com o Filé, e ele quer puxar essa bronca de boa. Não tem arma e não vai reagir. Pode ir com calma. Ele é

tranquilo. Paga pau de polícia. E você precisa começar a ter contato com esses lixos. São uns lixos, mas necessários."

Minha presença ali era mera burocracia.

"Filé não tá. Foi na casa de uma amiga. O senhor é o moço da polícia?"

Era uma jovem gorda de cabelos crespos, alisados por alguma coisa melada. Na frente do barraco tido como casa de Filé, uma criança me olhava pela fresta da porta, nua. O cachorro dormia em seu colo tísico.

"Sim. Nós já conversamos."

"Ele me falou."

"Onde ele está?"

"Foi entregar um bagulho na casa de uma amiga. Faz pouco tempo que está aqui e já arrumou esses cachos."

A moça sabia que o coração de filé não tinha exclusividade. Possuía várias amantes, uma mais viciada do que a outra. Em seu mundo de morte iminente, amar significa proteção, garantia de vida com um mínimo de recursos. E a mulher parecia não se importar em dividir.

Minha paciência não era mais forte que o calor que estava sentindo. Pedi o telefone de Filé.

"O dele não tá recebendo chamada, mas se o senhor. quiser eu tenho o telefone da casa da moça. Dá uma ligadinha lá." Trouxe de dentro do barraco escuro um pedaço de folha de caderno com um número rabiscado. – *"Toma, pode ligar. Já deve ter chegado lá. Mas ele vai achar ruim. Filé é tão fogoso, espera uns dez minutos e liga."*

Então notei a curiosa coincidência.

Após entender a péssima caligrafia da mulata, percebi que o número do telefone da atual namorada de Filé era o mesmo daquele da casa da Michelle. A moça devia ter percebido que algo de errado acontecera comigo.

"O senhor. conhece ela?"

"Ela?"

"A Michelle. Deve conhecer, na polícia todo mundo sabe quem usa pedra, não é? Eu não, tô sossegada com minha cervejinha, meus filhos..."

"A Michelle usa crack?"

"Crack? Claro. Vive ligando aqui. Ela que vende pras patys. Qualquer dia ainda vô dar uns esporros nela. Onde já se viu? Tá certo que o Filé é gostoso, mas, porra! Que falta de respeito."

Michelle usa crack. Michelle viciada em crack. Michelle namorando Filé?

"A senhora já viu como ela é? Fisicamente?"

"Não, mas sei que mora em Perdizes".

Michelle estava envolvida com essa sujeira? O calor desapareceu, a favela sumiu, a gorda, seu cachorro magro e seu filho fedido não existiam mais. Meu queixo tremia.

O carro era difícil de controlar, o mecanismo do câmbio endureceu como ferro fundido. O pedal do freio não estava lá, a embreagem não funcionava, o acelerador estava sem pressão, mole como o asfalto quente. Tudo era estranho, menos a casa de Michelle.

Fiz o mesmo trajeto com as lembranças de todas as vezes, inúmeras, bêbados, que entramos por lá, ora rindo, ora enfurecidos com alguma coisa que o outro tinha feito. Era a primeira vez em dois anos que nos veríamos. Não me ocorreu a hipótese de estar enganado.

A porta da cozinha, como de costume, estava entreaberta. Parei silenciosamente para ouvir os murmúrios que saiam do final do corredor. Caminhei pequeno, alto entre as paredes. Do quarto de Michelle, reconheci sua voz de menina. Parecia grunhir sons vazios, intermitentes. E também uma voz masculina surgiu. Ninguém que morasse ali seria dono dela. Uma risada de homem, diferente da primeira voz. *"Anda logo, vaca."*

Uma brisa ardida golpeou meu nariz. Era crack. Cheiro forte, amoniacado. No beiral da porta, ouvi o homem repetir:

"Vamos. Vai logo que não acabou, depois você fuma mais."

Ao olhar minha mão, uma mancha prateada apontava para frente. Não lembrara quando havia sacado a arma. Estava lá, leve, destravada.

Coloquei-me por inteiro na moldura da porta do quarto para observar aquele quadro de cores barrocas: três pessoas nuas. A primeira era Michelle, sentada na cama. Tinha uma marica enfiada na boca e um isqueiro na mão. Os olhos serrados foram se abrindo, diafragmamente. Pode ter me visto, mas não esboçou a atitude esperada por mim.

Filé, também pelado na cama, estava sentado à sua frente e de costas para mim. O outro homem, também preto, estava só de cuecas preparando carreiras de farinha na cômoda ao lado.

O meu primeiro tiro me ensurdeceu, por causa da reverberação do estampido. Eu ainda estava no corredor de paredes próximas. O projétil atravessou o quarto e atingiu Filé no topo da nuca. Vi seu sangue tingir Michelle de um roxo profundo, deixando seu cabelo melado como o da negra gorda do barraco. Ela gritava sem sons. Sua boca abria em exagero.

Ela empurrou o corpo pastoso de Filé que havia caído sobre si com o nojo que eu sabia ter de baratas e bichos alados, minúsculos. Meu segundo tiro acertou a testa de Michelle; desta vez pude ouvir o som metálico da cápsula tilintando no chão. Vi quando suas orelhas cuspiram sangue, e pedaços de carne mole saltaram para os lados.

O terceiro tiro não ouvi. O preto da farinha na cômoda acertara meu peito, disparando com uma arma que eu não percebera.

Sempre achei que a dor de um tiro seria pior. Algo insuportável. Mas veio a decepção. Minha garganta saturou-se de um líquido quente. Um clarão de luz atordoou meu equilíbrio e caí.

Antes de o preto fugir, tomou minha arma que a mão fraca já não mais conseguia segurar. Pude ver seus olhos mais perto. Eram saltados, talvez pelo efeito do pó; de cílios compridos e lábios enormes. Tive o azar dele não me matar neste momento. Preferiu correr. Cuzão!

Esperei deitado o segredo da noite eterna se revelar, finalmente. Não tinha forças para ver o estado de Michelle. Cheguei a agradecer a atitude do preto fujão: eu mesmo não teria coragem de resolver aquela situação assim. E me pareceu ser a mais coerente.

O tom do vermelho na minha camiseta branca era mais forte do que aquele que escorria pelo chão. Seria difícil reproduzir com fidelidade na película uma paleta para isto. Talvez mel com groselha, água para dissolver. Não! Transparente demais, precisaria de algo celeste. Tem cheiro de carne de frango. Salsicha... será simples assim morrer? Nunca teria parado de fumar se soubesse que morreria assim.

Que bosta. Esperava epifanias, cordões de prata saindo de meu corpo. Por enquanto, era só uma moleza gostosa. Imaginei quantos iriam ao meu velório. Talvez minha mãe... preciso vê-la com mais frequência... com quantas mulheres eu teria trepado? Patrícia na zona, Andréia, Manuela, Amanda, Michelle... seis ou sete garotas até hoje. Seria impossível localizá-las. Poderia levantar-me e ligar para alguma delas, para pedir ajuda ou convidar para meu enterro.

O celular incomodava no bolso da minha calça. Peguei sem saber para quem ligar. Chamou duas vezes. *"Tô morrendo, levei tiro... tô na casa da Michelle"*. Edgard, o PM, ficou desesperado. Meu dedo parecia feito de pano, não consegui desligar o telefone. Pude ouvir o desespero de Ed na linha. Pedia-me calma.

Parecia ser definitivo. O fole esvaziou-se. A festa acabou. Não vieram anjos nem diabos. Acho que nunca vou morrer. Sou eterno como o tempo. Tudo era regido por uma batuta estranha, sem cadência. Quando nascemos, não sabemos o que é tempo. Único e fungível. Depois vemos que o sol se põe frequencialmente compassado. Fica noite, fica dia. Tomamos esse pêndulo binário como parâmetro único. A sensação de movimento corrobora nossa expectativa cotidiana.

Queria ter feito um filme. Por que devemos sempre ter o mesmo ritmo, se a mensagem possui várias espécies de linguagens?

Tempo, espaço e lugar não caminham tão juntos assim. Seria o cinema apenas um teatro filmado?

Só naquele momento não me envergonhava dessas perguntas tolas. Perguntas das quais fugi a minha vida toda. Todo mundo sabe tanto. Eu só preciso manter as ruas limpas para todos andarem tranquilos.

Tive que parar de pensar sobre isso devido uma intensa dor que sobreveio. Estava, sim, aguda e insuportável. Senti uma certa satisfação, sabia que o fim seria breve. Ouvi vozes aveludadas, pude voar.

Quando acordei já estava no hospital; dois tiros no peito e um pulmão perfurado. Morreram Michelle, Filé e o preto fujão, que depois soube chamar-se Tigudum. Este último não fora eu, e sim a PM, quando o encontrou pelado e armado, escondido dentro de uma casa vizinha. Pelo menos assim estava no B.O.

Fui afastado da polícia por tempo indeterminado até que fosse apurado o que realmente acontecera. Procedimento comum em casos assim.

"Sinto por Filé ter matado sua ex-namorada."

Era meu delegado avisando como a situação ficou resolvida.

Matei a Michelle. Eu nunca vou morrer.

QUARTO 352

Se não estivesse ancorado na confiança da maçonaria, Vital teria sido preso. Muitos iam pra cadeia por menos. Matar a ex-namorada, mesmo viciada, com a arma da polícia era motivo suficiente para acabar com sua carreira. Nesta brincadeira, Vital ganhou dois caroços de aço no peito durante o tiroteio.

Depois vieram uns palhaços vestidos de médicos. Sim, de branco, estetoscópio no pescoço e nariz vermelho. Cantaram umas músicas e foram embora. Vital não teria dado a mínima para o show se uma das palhaças não tivesse uma bunda tão gostosa. Para ela, rendeu-lhe como homenagem um sorriso, esperando que ela se sensibilizasse com sua condição e voltasse algum dia, sem a maquiagem e nenhuma peça de roupa.

A visita mais estranha foi de um monge, vestido com o hábito preto característico. Falou sobre fé e Deus. Falou também sobre a presença do espírito santo e da dificuldade de abrir mão dos prazeres para encontrar o sagrado. Vital prometeu a si mesmo que iria à missa quando saísse.

Ficou algumas semanas internado para recuperar-se dos tiros. Recebeu visitas de delegados da corregedoria, que elogiaram seu comportamento de homem seguro e viril, sangrando seu prontuário de funcionário público.

"Temos orgulho de você, rapaz. A polícia seria melhor se todos os tiras tivessem a mesma coragem."

Ninguém avisou sua mãe. Provável que não soubessem que estava viva. De todo modo, nada lhe foi perguntado sobre parentes vivos, tampouco fez esforço para lembrar-se deles.

Já não precisava fingir simpatia. A credibilidade ganhada lhe dava a segurança de ser sincero na aspereza do semblante. Cogitou ligar para sua mãe assim que se sentisse melhor.

Lembrou-se de quando estava no plantão, e certa vez fez um B.O. contra um médico daquele mesmo hospital por ele ter esquecido uma pinça dentro de uma paciente após a cirurgia. *"Espero nunca ter que precisar usar este lugar"* — pensou na ocasião.

A melhor visita foi do PM Ed, fardado. Ele estava de serviço e por isso avisou que deveria ser rápido. Era a primeira visita que lhe trazia um sorriso e aperto de mão. O soldado reclamou da imprudência de Vital em ir sozinho cumprir a prisão, mas, para poupar o amigo, não prolongou o assunto. A merda já havia sido feita e estava devidamente limpa. Comentou a coincidência de terem se envolvido com o mesmo vagabundo, em outra ocorrência há anos, para quem aliviaram a barra.

"Tínhamos que ter fritado aquele lixo no DP mesmo, Vital, naquela noite, lembra? Esse seu coração mole ainda vai te matar."

"E aí você não teria a chance de salvar minha vida, porra."

Sorriam de verdade.

"Eu não te salvei, Vital. Foi o pessoal do bombeiro. Eles apareceram lá antes de mim. Quando cheguei, já estavam te atendendo e nos disseram que haviam visto uns pretos pulando o muro da casa vizinha. Aí foi fácil."

"Quem chamou o resgate?"

"Sei lá. Algum vizinho que ouviu barulho de tiro. O seu parceiro também já estava lá. Caímos para dentro da casa onde o Tigudum havia sido visto e encontramos ele pelado no quintal. Zoamos um bocado com o filha da puta, já não via nenhum dente na boca do lixo. Aí apareceu seu parceiro. Quando o Tigudum viu ele, o ladrão ficou maluco. O preto começou a chorar e pedir desculpas pro seu colega. Ele dizia que não sabia que a mina era namorada de polícia."

"Mulher de polícia?" Vital sentiu-se envergonhado com a hipótese de Ed saber do relacionamento que tivera com Michelle — *"De que polícia o puto tava falando?"*

"Sei lá, minha não era. E nunca vamos saber... seu parceiro não deu tempo pro mala terminar a frase. Deu um pipoco na testa dele, depois chegou perto e conferiu, com mais três besouros na cara do preto..."

Ed precisou terminar a história porque Ricardo entrou no quarto. Apesar de terem compartilhado o momento em que um homem morria violentamente, isso não os tornava íntimos o suficiente para dividirem sorrisos.

O PM e o investigador foram cordiais. Ed, então, olhou as horas no relógio de pulso, despediu-se de Vital com outro aperto de mão e foi embora. Ricardo visitava Vital quase todos os dias, trazendo tudo o que seu amigo precisava. Ele mesmo pagou a conta do hospital de judeus — *"gente soberba e mesquinha, mas que trabalham muito bem"* — avaliou um dos delegados que o visitara. Vital nem perguntou de onde viera o dinheiro para aquele luxo. Até porque já sabia.

"Você sabia que a Michelle estava na noia com o Filé?"

"E o que isso importa, Vital? Tudo acabou. Os majuras estão cheios de elogios pra ti. Agora seu futuro será grande, moleque."

Vital entendeu. Voltou ao DENARC sem saber se deveria estar ali.

UM SACO DE MANGAS

Vital havia abandonado a faculdade e já não tinha motivos para estar em um departamento especializado. Seu interesse eram os horários flexíveis, compatíveis com as aulas. Não as frequentando mais, os riscos do DENARC eram desnecessários.

Ricardo já não lhe inspirava tanta confiança. Estava cotado para ser o chefe dos investigadores de sua equipe, e Vital o tratava com distância. Ainda bebiam juntos.

Passados alguns meses, Vital já não mostrava mais o mesmo ímpeto nas investigações. Faltava a compromissos e não rendia mais o dinheiro necessário para não ser enxotado dali pelo delegado. Ricardo, preocupado com a saúde do parceiro, recomendou ao diretor tentar conseguir a ele outro lugar menos perigoso no DENARC.

"Vital, ninguém te quer fora daqui. Todos os delegados gostam de você, pela sua inteligência. Entendemos que sua falta de motivação é por causa da barra pesada que passou. O diretor me disse que deseja que você seja o novo motorista dele."

Ser o motorista particular do diretor era motivo de prestígio na instituição. O motorista antigo havia pedido para ser transferido para outro departamento, mais próximo de sua casa. Um mimo que somente quem está lotado em posições tão especiais pode ter.

Vital, estando ali, seria invisível e inatingível. E o que é melhor: se o diretor caísse, nada o tiraria do posto.

O diretor era um senhor alto e de bigodes fora de moda. Possuía modos broncos de lidar com as pessoas. Falava alto, com gesticulação exagerada.

Morava no Morumbi, tinha fazenda em Atibaia e um sítio em Indaiatuba. Ainda, uma casa em um condomínio fechado em Camburizinho, litoral norte de São Paulo. Pelo menos eram essas as propriedades que Vital havia conhecido, levando e trazendo o delegado em suas folgas. Para isso, utilizavam uma Tucson blindada, apreendida de um traficante, e que algum juiz permitiu que fosse feito carga aos policiais para as investigações.

"Ô menino!" — Era assim que o diretor chamava Vital — *"Faça uma fineza pra mim? Vai em Atibaia, pega um saco de manga que prometi ao doutor Gilberto e leva no escritório dele."*

Vital não reclamava. Tinha adquirido gosto por dirigir sozinho. Nestes momentos, o carro blindado lhe trazia os únicos instantes de silêncio que teria ao longo do dia. Além disso, ficava distante de policiais durante as viagens. Sua satisfação agora era a missa das 5h que ia assistir no mosteiro de São Bento, no centro da cidade. Todos os dias, inclusive aos domingo. Sentia-se bem naquele silêncio que imperava em meio ao caos de São Paulo.

O delegado pensou em lhe repreender, mas depois ponderou que não havia mal algum em ter um subalterno tão religioso e temente a Deus. Pior seria se Vital estivesse roubando seu dinheiro das biqueiras.

O compromisso mais frequente de Vital em sua nova função era, semanalmente, levar o diretor e o tira chefe geral do DENARC ao Palácio dos Bandeirantes, residência oficial do governador.

Entravam pelo portão sul, o mais discreto. Paravam em frente à residência, desembarcavam do veículo e sumiam no interior do lugar. Vital, até então, não sabia que o governador morava ali. E ficou admirado quando soube que alguém ainda morava em palácios.

Vital, então, seguia para a marcenaria. Ia matar o tempo vendo os trabalhos de restauração de móveis antigos do governador, até que os dois o chamassem de volta pelo rádio Nextel.

Por muito tempo, essa era a rotina de toda sexta-feira. Só antecipado para as quintas-feiras quando era feriado. Acostumaram com o silêncio gentil de Vital ali, sempre discreto, conduzindo a viatura.

Certa vez, Mendes, o chefe dos tiras, comentou durante o trajeto:

"A DISE seis tá chuveirando a gente, doutor. No caso dos quenianos"

"Outra vez? Quanto tá sendo, agora?

"25 mil, semanais"

"Caralho, Mendes!"

Vital sabia que os dois comentavam sobre alguma equipe do DENARC que estava cobrando propina de algum queniano sem repassar a porcentagem da diretoria. Tentou não se fazer notar para não participar.

"Os caras têm as costas quentes, doutor, no gabinete do secretário."

"Pau no cu deles. A grana é do DENARC. Quero esses filhos da puta longe do meu departamento. Acham que podem usar nossas dependências sem pagar nada. Tem que dar a benção, porra."

"Já pesquisei, doutor. Acho que ainda é cedo para dispensá-los. Não temos ideia de quais quenianos eles estão tomando a grana, dando a paulada semanal. Se dispensarmos agora, eles vão embora e levam essa boca com eles para onde forem."

"O queniano que caiu na DISE seis? É o Jomo?" — Vital interrompeu.

Um silêncio se fez no interior na viatura, somente superado pela tensão entre o delegado e Mendes. Pareciam ter notado a presença de Vital, e que a conversa fora além do permitido para os ouvidos do motorista. Ajeitaram-se nos bancos. Podia-se ouvir somente o barulho do atrito dos pneus do veículo no asfalto. Vital sabia que tinha falado demais. Teve que suportar aquela estupidez até a chegada no palácio do governador.

Desceram mudos, sem o costumeiro — *"já voltamos"*. Vital guiou até a marcenaria e estacionou sob a sombra de uma grande paineira. Quando ele começou a descer o banco para descansar, Mendes reapareceu, batendo no vidro:

"Onde encontro esse queniano, menino?"

"O Jomo? Pelo menos era ele quem os caras tinham como informante na minha época por lá, na DISE. Era um gansinho, com uns trampos bons. Soube que queria começar um negócio com placa mãe de maquininha. No Bom Retiro."

Nas semanas seguintes, o chefe Mendes e o diretor estavam mais à vontade e contentes do que o costumeiro. Já não tinham segredos durante a viagem, e todos os assuntos eram permitidos. Falavam de puteiros, eleições, escolha do próximo delegado geral de polícia.

"Mendes, o secretário de segurança é só elogios para o DENARC. Faz quatro meses que estamos pagando mais que o DETRAN. Alguma vez na sua vida já pensou que chegaríamos nisso?"

"Tá tudo redondinho, doutor. Todas as equipes sem dar um pingo de trabalho. A imprensa só tem coisas boas pra falar da gente. Faz muito tempo que estamos sem dar problemas... nem pro governo, nem pra polícia. Há quanto tempo não tínhamos um marasmo desses, hein, Vital?"

Vital sorriu, como se isso a fosse resposta suficiente. Não queria estar vivo. *"Preferia ter morrido"*, pensava. Mas nunca dizia.

PRINGLES

Pensou em comprar daquelas cestas básicas já prontas. Mas ao ver seus preços e os produtos que elas continham, preferiu ele mesmo ir ao supermercado e escolher como montar. Coisas úteis, como arroz e feijão. E guloseimas necessárias para o corpo, como batatas pringles sabor queijo e massa pronta para bolo. Tudo cuidadosamente embalado em um enorme saco transparente.

Ao chegar à favela, Vital chamou no mesmo barraco que já conhecia. A mesma negra que havia lhe atendido há algum tempo abriu a porta. Estava muito mais gorda e os cabelos mais engordurados. Os filhos mais fedorentos. O cachorro não estava mais lá. Provavelmente, já estava morto. Ela se lembrou de Vital:

"O que o senhor quer aqui? Não tenho nada a ver com o Filé, além do filho que ele me deixou. Já falei que não tenho rolo nenhum."

"Eu sei. Mas é que fiquei preocupado por causa das crianças e trouxe uma cesta básica pra elas. Tudo bem? A senhora aceita? Eu entrego e vou embora."

Vital, enquanto ia dizendo, abria o porta-mala do carro blindado, mostrando as embalagens de comida envoltas no plástico transparente. Havia iogurtes, leite condensado, doces em potes. O menino que acompanhava a mãe, espreitando pela barra da saia, disse em sorriso: "pringles!"

A mãe empurrou o menino para trás de si, como se o escondesse dos olhos dos vizinhos. Por ser a ex de Filé, ainda detinha certo respeito entre os criminosos da região. Mas esta distância poderia ser quebrada se notassem que ela estava recebendo policiais em seu barraco.

"A senhora mesmo pega? Quer que eu ajude?"

A mulher foi temerosa. Ao olhar em volta e ter a certeza de que ninguém vigiava, permitiu que Vital levasse a embalagem para dentro. O garoto soltou um "oba!" e agradeceu a mãe.

Vital assustou-se com o fedor de dentro do barraco. Temia pisar em merda e sujar o carro do delegado. Deixou a encomenda em cima de um sofá rasgado. O garoto avançou sobre a embalagem, rasgando o plástico com as unhas e os dentes. Pegou o pacote de batata pringles, abriu e enfiou uma mão inteira na boca. Depois, um pote de iogurte de morango com cereais, seguido de uma lata de fanta uva.

"Caralho, moleque. Vai te dar dor de barriga desse jeito. Parece que passa fome."

"Deixa o menino, dona. Criança é assim mesmo."

A mulher pensou em oferecer uma água ao homem, que sabia ser policial com salário alto e certo, mas nunca tivera tanta delicadeza assim com alguém. E também sentia vergonha por não ter copos de vidros. Era evidente que o policial recusaria a oferta por nojo, e não por falta de sede. Com um carrão daqueles, admirava-se em ver que ele tolerava respirar o ar que vinha dali.

"Ele já estuda?"

"Sim, está na segunda série. Mas terá que sair da escola, porque não tenho como levá-lo e buscá-lo. Agora que tenho emprego, fica tudo mais difícil" — ela dizia, já conduzindo Vital para a saída, a única porta da casa.

"A senhora não tem curiosidade em saber quem matou o Filé?"

"Não. O que tá feito, tá feito. Isso ia acontecer mais cedo ou mais tarde. Filé era maluco. Achou que, por a vaca ser viciada, tava dando mole pra ele. O bobão queria comer uma paty de Perdizes e se fodeu. Foi comer logo a mulher do polícia que passava um pano para ele."

"Ele comeu a mina de um policial que passava um pano para ele?"

"Um cretino, isso sim. Todas as vezes que o Filé caía na polícia, quem livrava a cara dele era esse polícia. O Filé rendia uma grana pesada pra ele, e acabaram fazendo negócios. Aí ele começou a passar droga pro polícia e pra mina dele. Depois começou a sair com a cadela. E deu no que deu. Ninguém tinha coragem de dizer a ele que um dia ia morrer com um tiro nas costas. Mas tava na cara. Filé era temido, ainda é. Por isso posso te receber em casa, sem que a bandidagem me encha o saco. Mas você tem que ir embora agora."

"A senhora tem o telefone do polícia que era amigo do Filé?"

A preta deu um suspiro grande. Colocou as mãos na cintura, em descontentamento. Mas foi até um armário de aço e pegou de dentro dele um caderno amassado com espirais metalizadas. Abriu a capa e ditou os números para Vital, que o anotou em seu celular. Vital agradeceu e foi embora, sob os olhares de agradecimento do garoto.

Fora da favela, parou em um posto de combustível para reabastecer. Não queria que o delegado descobrisse que havia saído dos limites da cidade com o carro.

No DENARC, ao levar o diretor para casa, o delegado lhe contou as novidades. Disse que Mendes tinha saído da chefia e que em seu lugar assumiria o Ricardo, o amigo de Vital desde a época de plantão. E que o próprio Ricardo havia sugerido que Vital deveria ir com o diretor ao Palácio dos Bandeirantes, para visitar o governador e levar a féria para o partido. Para convencê-lo definitivamente, disse que poderia continuar ir a missa todos os dias. Seria bom como exemplo para todos os viciados que o DENARC possui.

A saída de Mendes era uma novidade para Vital. Teria sido alguma cagada cometida por ele? Nunca saberia. E em verdade, pouco se importava com isso.

Vital agradeceu o convite e disse se sentir honrado. Não sabia o que, exatamente, significava féria, mas desconfiava que não era coisa boa.

Em seu apartamento, Vital resolveu olhar o número do telefone que a mulher havia lhe passado. Por estranho que fosse, os numerais o assustaram. Pensou mais uma vez na infelicidade de não ter morrido.

Não sabia ao certo por que deveria ligar ao policial que diziam ter saído com Michelle. Não era ciúmes, tampouco raiva. Curiosidade, talvez.

Pegou seu celular, trocou o chip por outro, frio, bombinha que pegara de um viciado nas ruas. Deste modo, seu verdadeiro número nunca ficaria registrado na secretária eletrônica do aparelho destino. Discou para o telefone. Ao ouvir a voz que atendeu. Vital engoliu seco e difícil. Enrugou sua voz, de forma a disfarçá-la:

"Quem é?" — perguntou Vital.

"Com quem você quer falar?" — foi a resposta do outro lado.

Desligou. Pela primeira vez em anos, deixou-se chorar. Silenciosamente, por óbvio. Bebeu água gelada. Mijou. Lavou o rosto e escovou os dentes.

Não acreditando no que constatara, pegou seu rádio Nextel e, pelo aparelho, chamou pelo amigo Ricardo:

"Ricardo. Tudo bem?"

"Grande Vital. Estou ótimo, e você?"

"Melhor agora. Soube das novidades na chefia do DENARC. Meus parabéns, você merece o sucesso que conquistou."

"O sucesso é nosso, meu amigo. Você está comigo nessa, lembra-se? Conversei com o diretor sobre você, e seu lugar tá garantido."

"Eu agradeço, Ricardo. Temos uma história juntos."

Vital, enquanto conversava pelo rádio com o investigador, pegou seu celular com a outra mão e apertou a tecla *redial*, de forma a discar o último número chamado. Tocou uma, duas vezes... então, Ricardo interrompeu:

"Vital, meu velho. Eu te ligo daqui cinco minutos. Meu celular tá chamando aqui do lado. Assim que resolver isso, eu te retorno."

Vital agradeceu novamente. E Ricardo não ligou.

PAPA FOX DE COXAS GROSSAS

O serviço estava cada vez mais fácil. Mendes havia sido removido para o DECAP, no setor de almoxarifado da seccional sul. Não era distrito policial.

Sua remoção se dera por ter passado pra trás o próprio diretor. Mendes havia descoberto quem era o queniano que a sexta delegacia de investigações sobre entorpecente estava *acharcando* e, ao invés de comunicar ao delegado do abuso cometido pelos policiais, resolveu participar do *rachumba* da semana junto com eles.

O diretor, em respeito ao grau da maçonaria que Mendes possuía, e a sua influência junto ao governador, o removeu para um lugar seguro e tranquilo. Ricardo ocupou seu lugar. Foi invejado por outros investigadores mais antigos, mas somente ele tinha a coragem de enfrentar qualquer traficante. Soma-se à isso seu passado limpo de traições com os superiores.

Ricardo mexia diretamente com a arrecadação. Seu prazer era irromper a integridade física do traficante, e sentir o cheiro de sangue e pólvora no ambiente. Era tudo o que o delegado precisava. Cada vez mais, sentia falta de acender um cigarro e fumar.

Para o transporte da recolha, o diretor designou Vital, que não representava perigo de ambições individuais.

"Ô menino" — disse o diretor em sua sala a Vital, antes de se dirigirem ao Palácio dos Bandeirantes — *"a partir de agora você será meu braço direito. Use sempre terno. Não se preocupe com a grana para comprá-lo. Eu te darei nosso cartão. E não é pra comprar terno de crente, é para ostentar. O partido do governador está no comando desta instituição há vinte anos, e não há notícias de que vá sair. O delegado geral vai nos receber e quero te apresentar ao governador. Quando se encontrarem, refira-se a ele como excelência e doutor. Nunca olhe diretamente nos olhos do governador. Só peça água se ele oferecer. Não fale em dinheiro sem ele perguntar. Nunca*

diga a origem da recolha. Só diga quanto foi e qual a perspectiva do faturamento para a semana que vem. Tenha na cabeça que é uma contribuição do DENARC para a melhoria da segurança pública paulista. Na mesma audiência estará o secretário de segurança e o procurador geral."

"O procurador geral? Mas ele não é o chefe do Ministério Público?" — perguntou Vital, não querendo demonstrar sua surpresa com a descoberta do grau de aprofundamento do problema. Sugeriu um tom de aluno com dúvidas para a prova.

"Claro que sim. Chefe escolhido pelo governador na lista tríade, não sabia? Como acha que a polícia civil vem se mantendo sem ser fechada a tanto tempo, Vital? O funcionalismo público está montado no governador, meu caro. Sem ele, ninguém saí do balcão. Quantos bandidos do PCC você matou nos ataques de maio de 2006? Se fossemos levar a lei ao pé da letra, não teria cadeia para tanto polícia" — e ria com delícias.

Vital acompanhava o diretor em cada gargalhada. Aos poucos, a posição de professor fazia de sua experiência como delegado um prazer sublime. O investigador sabia como fazer dos relatos do senil policial uma chance de demonstração de autoridade e competência.

Quando chegaram ao palácio, Vital estacionou o carro no local de sempre. Mas dessa vez o delegado mandou que descesse. Foi até ao porta-malas do carro e, de seu interior, tirou uma mala, daquelas com rodinhas e alça para puxá-la.

Um policial militar com coldre e luvas brancas (coisa inédita até então) aproximou-se dos dois e, com muita educação, entrou no veículo. Vital compreendeu e entregou as chaves. Um PM que fazia serviço de *vallet*. Esse sim era um trampo tranquilo dentro da polícia.

Quando entraram, Vital e o delegado foram conduzidos por uma PM feminina de olhos azuis e longas pernas duras sob a saia. Ela parecia conhecer o delegado; sorria quando dizia: *"por aqui, doutores"*. Seguiram à direita, passaram por um imenso salão vazio. O barulho das rodinhas da mala do delegado ecoava pelo vazio gelado daquele ambiente. Vital reparou em três mesas de madeira rústica, grandes e altas, no canto de um dos salões. Esticou os olhos sobre uma delas e pôde ver uma inscrição em uma placa:

"Mesa de mogno do século XVI, pertencia ao bandeirante..."

Vital ficou curioso em saber a qual bandeirante pertenceu o móvel. Não conseguiu ler mais nada, além de:

"por favor, não coloque copos sobre o móvel. Valor histórico."

Teria sido o próprio governador que colocara o recado para alguma visita estúpida em sua casa? Que ideia ridícula.

Ao final do salão, um elevador escondido atrás de uma parede. A PM gentilmente pediu que entrassem e depois ela mesma apertou o botão número 3 e saiu, de volta ao saguão. Antes de a porta fechar, ela avisou alguém pelo HT:

"Alpha papa fox. 2 VIPs subindo para o terceiro andar. Elevador sul."

Vital não conseguiu ouvir a resposta. Ao saírem, outra PM, loira de olhos verdes cintilantes e seios fartos, os esperava na porta do elevador. O investigador pensou que, com esse perfil, essa policial nunca poderia trocar tiros com bandidos na rua. Estava certo o governador em querer tê-la perto de si. Ela disse bom-dia e:

"Por favor, acompanhem-me. Os senhores devem aguardar na sala Anhanguera"

Não demoraram muito ali. Logo a mesma PM de olhos cintilantes voltou. Perguntou se precisavam de alguma coisa e, com a resposta negativa, os levou ao gabinete do governador.

Lá dentro, o governador e o secretário de segurança conversavam com intimidade sobre o Palmeiras. O procurador geral de justiça também estava lá, à frente, mas não dizia nada.

Sentados em sofás rústicos, como todos os outros móveis do local. A janela estava aberta, deixando a brisa fresca do fim de tarde resfriar a sala. Vital tremia, sua mão suava. Pensava que não poderia apertar a mão do governador e do secretário de segurança com tanta umidade, por isso, constantemente limpava seus dedos na calça. Quanto ao procurador, não sabia quem era.

"Doutor, que satisfação em vê-lo" — o governador começou a conversa.

"A satisfação é toda minha, excelência" — respondeu com segurança o diretor. *"Quero apresentar aos senhores meu novo braço direto, Vital. Investigador limpo, sem passados pela corregedoria."*

"Seja bem-vindo, Vital. Se é da confiança do diretor, só posso me render às suas decisões."

"Mas esse pulicinha é muito novo. Aposto que nunca matou ninguém na vida" — disse o secretário de segurança, antes de rir comedido.

"Matou dois, secretário. Pelo menos foram esses que conseguimos registrar" — e todos da sala riram.

Sentaram, tomaram café. O secretário perguntou ao delegado se havia chances de bater o DEIC na arrecadação.

"Claro, doutor. Já passamos o DETRAN há muito tempo. E essa era a meta. O DEIC vem perdendo espaço para a gente desde que descobriram o lance do diretor de lá com o PCC, no mal-entendido dos combustíveis adulterados. Nós não pactuamos com isso. O partido precisa crescer com dignidade e solidez. Mancomunar com bandidos é jogar o nome no lixo."

"Evidentemente" — completou o governador.

"As eleições para presidente serão este ano. Não há nenhum outro candidato que faça margem à minha vitória. Quero todos vocês comigo, em Brasília. A secretaria nacional de segurança precisa de gente como o senhor e sua equipe. Porque vocês são minha equipe, doutor. Devemos muito ao DENARC. E por isso queremos recompensá-los. Há algo que o DENARC tenha descoberto e que eu precise saber?"

O delegado olhou para Vital com cumplicidade. O investigador, por sua vez, não entendeu o estratagema, mas deveria entrar no jogo. Não moveu nenhuma sobrancelha de reprovação. O investigador esperava conhecer também o delegado geral, mas o diretor do DENARC deixou transparecer que ele não viria.

"Excelência, quem deve julgar isso é o senhor" — abriu sua mala e, de dentro dela, sacou um CD. O secretário rapidamente colocou-o no aparelho da estante. Começaram a ouvir.

Tratava-se do diálogo entre um assessor do vice-governador, que negociava a venda de setenta quilos de cocaína com um traficante de Heliópolis, vigiado havia tempo por uma delegacia do DENARC. Diziam números, locais e nomes. O governador ouviu tudo com olhos de pedra. Ao final, completou:

"Ele conseguiu finalizar a compra?"

"Não, excelência. Nós interceptamos o caminhão e prendemos o caminhoneiro. Ele não abriu o bico sobre o dono da carga, mas nós sabemos quem é. Tudo pode ficar assim, como está hoje. Eu mesmo relato esse inquérito e coloco o caminhoneiro como traficante. Quanto ao assessor do vice, aí o problema é mais político do que jurídico."

"Alguém mais tem esse CD?" — perguntou o secretário, bastante agudo em sua observação.

"Não, doutor. Mais ninguém. A equipe que realizou a interceptação foi orientada a não abrir o bico. Mas é difícil, são três homens."

"Pague o quanto eles quiserem" — completou o secretário.

Vital estava suspenso com o tamanho da armadilha que encontrara ali. O governador e o secretário de segurança pediram para ver o conteúdo da mala que o diretor trazia.

"São três milhões, oitocentos e setenta e oito mil, quinhentos e sete reais. Onze por cento a mais do que a semana passada."

Vital aproximou-se das três autoridades que observavam o conteúdo da mala. Eram notas de cem, muitas de cinquenta e mais ainda de dez reais. O secretário de segurança pegou dois maços de cédulas e testou sua consistência com a ponta dos dedos. Enquanto isso, o governador sorria sobre seu ombro, e o procurador olhava a coleção de livros na parede, com uma discreta alegria.

"Vocês chegaram ao preço do DEIC, doutor. Parabéns. Se continuarmos assim, todos estaremos longe de São Paulo no ano que vem, nas graças do governo federal."

Mais uma vez, todos riram, inclusive Vital. Logo após trivialidades sobre futebol, cinema e vinhos, despediram-se.

Na viatura, o delegado se desfazia em alegrias. Ligava para outros delegados e policiais. Contava sobre os elogios do governador e disse estar certo do avanço sobre Brasília. Pagando o preço da estadia no DENARC, não haveria com o que se preocupar.

Foram assim mais duas, três, quatro vezes... após um ano inteiro de idas e vindas com a maleta e Vital já ficara amigo das PMs femininas que os conduziam pelo vazio do palácio. Sara e Cláudia. Ambas com alianças de casamento na mão esquerda. *"Uma pena"* — pensou.

Em todas as reuniões, as mesmas histórias, as mesmas malas. O secretário de segurança continuava chamando Vital de *pulicinha*, mas agora com mais ternura. Certa vez até levou o investigador para o canto da sala e perguntou se era possível arrumar munições de 9mm, para ele testar a arma que tinha em casa. Evidente que Vital não lhe negou o pedido, apesar de saber que o calibre era proibido para a polícia. Caso fosse pego por aí com um pirulito desses por algum PM mal amado que quisesse cumprir a lei, estaria fodido.

O governador era o mais formal e educado. Nunca lhe dirigia a palavra diretamente. Mas às vezes olhava o terno de Vital. Já o procurador, este parecia querer estar em outro lugar, longe ali.

Durante um ano inteiro teve essa rotina, acompanhado de perto por Ricardo. Vital chegou até a perguntar a ele se não gostaria de levar o delegado ao palácio, já que ele era o chefe dos investigadores do DENARC.

Ricardo, sempre companheiro:

"Esquece, meu amigo. Isso é problema seu. Quanto menos a gente aparece, menos risco de cair nós temos. Faz assim, eu arrecado, você leva."

Aos poucos, nas visitas ao palácio, a tensão em Vital passava a lhe apertar menos. Cada vez mais o delegado diretor estava contente com a arrecadação de seu departamento, e muito mais certo de que não haveria motivos para ser removido de lá. O velho gostava de dividir o contentamento em pequenos e adjetivosos discursos sobre sua administração para um Vital sempre atento nas viagens.

O secretário de segurança continuava gargalhando seu sarcasmo, desdenhando sempre do silêncio do investigador. Vital passou a entender o exagero na retórica do homem ao descobrir que, na xícara de porcelana delicada e adornada com fios dourados que sempre estava em sua mão, continha o uísque mais saboroso que Vital já sentira em sua vida.

"Aposto que você é um cuzão, menino, e nunca matou ninguém na vida. Quantos lixos você zerou nos ataques do PCC? Eu mesmo fritei uns oito vagabundos. Naqueles dias, tudo estava liberado. Se não matou, não mata mais. A não ser que eu mande" — e dava tapinhas nas costas de Vital.

O procurador, com olhos cada vez mais distantes, só demonstrava concentração nas pessoas à sua volta quando o delegado lhe mostrava o dinheiro da mala. Somente uma vez Vital ouviu a voz áspera do chefe do Ministério Público. O governador perguntara se certo promotor de uma cidade do interior do Estado ainda estava *"perturbando o delegado da entorpecentes de lá"*. Em resposta, o procurador disse somente que já conhecia o tal promotor e que ele procurava uma promoção, por isso resolveu investigar a polícia tão profundamente.

"Pois lhe dê a promoção que deseja. O que menos precisamos agora é de um promotor querendo se passar por super-herói. Se ele fosse delegado, mandava removê-lo para a cidade mais distante do estado. Como é promotor, só podemos derrubá-lo para cima. Converse com ele e veja se tem provas que comprometa muita gente. E somente dê a promoção se notar que as provas são convincentes."

O procurador concordou prontamente.

ESTAÇÃO SÃO BENTO

O diretor do DENARC ainda roncava na cama quando o seu celular tocou. Aquele aparelho era restrito, somente sua filha, esposa, governador e secretário de segurança sabiam o número. Por isso, quando tocava, sabia que deveria atender imediatamente.

Neste caso, era o secretário de segurança, com sua voz pastosa, que berrava muito do outro lado da linha. O diretor demorou a entender o que o secretário estava falando.

"Cadê o Vital?! Cadê o Vital!? Onde ele está?"

"Não sei. Na casa dele, talvez. Quer que eu ligue para ele?"

"Não vai ligar porra nenhuma! Eu quero que vocês me tragam ele aqui, na secretaria, e escoltado, tá me ouvindo? Escoltado!"

O diretor não obedeceu a ordem. Contudo, o celular do investigador estava desligado. Seu rádio Nextel também não dava sinal.

Somente quando teve certeza de que não teria contato com Vital, pensou em ligar para Ricardo, para que ele providenciasse o pedido do secretário de segurança. Cogitou a hipótese de, por eles serem tão amigos, o chefe dos investigadores do DENARC haveria de localizá-lo.

Uma ordem do secretário imposta com tanta intensidade deveria ser cumprida o mais rápido possível. Tanta era a pressa em responder ao pedido que não se fez a pergunta óbvia: por que o secretário queria tanto falar com Vital?

Ponderou se não seria conveniente ligar de volta para o secretário e perguntar o motivo de sua repentina necessidade de conversar com o investigador. *"Besteira"* — logo concluiu. Tinha certeza que se retornasse a ligação sem saber do paradeiro de Vital, o homem lhe arrancaria a cabeça.

Foi ao banheiro, escovou os dentes, lavou o rosto. Não depositou no vaso tudo o que fazia matinalmente, porque o nervosismo havia afetado a sensibilidade de seus movimentos peristálticos.

Calça, camisa, gravata. A esposa o aguardava na cozinha, para tomarem o café-da-manhã. Depois se despediriam, ela para a terapia, ele para a delegacia. A tremedeira que lhe tomou o corpo depois da misteriosa ligação lhe impedia de ouvir os ruídos da casa. Que algo não estava certo ele já tinha certeza. Vital não fora lhe buscar em casa, como era sua obrigação. Sim, com certeza, ele havia desaparecido. Tentava imaginar qual resposta daria ao secretário, caso Vital não fosse localizado.

Ao descer as escadas, sua esposa estava sentada no sofá do hall da entrada com outros homens. Era claro que seus olhos estavam vermelhos de lágrimas recentes. Todos usando uniformes, com os dizeres *"Polícia Federal"*.

"O que vocês estão fazendo aqui?"

Imediatamente, três dos homens uniformizados se aproximaram: *"Doutor, todos aqui somos policiais. Temos um mandado de prisão expedido pelo Dr. Luis Segantin, Juiz da sexta vara federal de São Paulo em seu desfavor. Guarde as armas, e não o algemaremos. A imprensa já está aí fora, doida para vê-lo sair. Vamos fazer do melhor jeito."*

"Filhas da puta. Invadem minha casa para me prender? Quem é mais bandido aqui, doutor? Semana passada mesmo vendemos um carregamento de 600 kg de pó para o senhor."

"Tem recibo? Se não tiver, o senhor agora está em flagrante por desacato. O mau pagador paga duas vezes." E lhe colocou as algemas.

Na TV, todos os canais tinham somente uma notícia. Imagens gravadas por alguém com uma micro-câmera, de maneira sub-reptícia, mostravam o governador do estado de São Paulo recebendo malas de dinheiro, semanalmente, em seu gabinete, durante um ano e dois meses. As manchetes diziam que o total arrecado, avaliado pelo o que foi visto nas cenas, chegava a 115 milhões de reais. O secretario de segurança e o procurador de justiça também estavam nas filmagens. Sorrindo, cada vez mais contentes, com cada mala que abriam. Um investigador chamado Ricardo também aparecia, dizendo: *"Eu arrecado, você leva."*

Os jornais receberam as imagens em um CD, na noite anterior. O ministério público federal e a polícia federal também receberam o mesmo CD, mas acompanhado de um bilhete: *a imprensa acabou de receber o mesmo CD.*"

Um velho, que fumava charutos da marca *Panatela*, quando acordou às 15 horas daquele mesmo dia, encontrou um envelope endereçado a ele com um CD, na portaria de seu prédio. Não deu importância àquilo, já que não tinha nenhuma inscrição na carta que indicasse seu remetente. Já estava pronto para jogá-lo no lixo quando viu, dentro do envelope, papéis amarelados, rasgados de algum livro. Ao final, pode reconhecer sua própria letra:

"A polícia não teria nenhuma graça se seus todos seus policiais fossem como nós. E a literatura não serviria de nada, se seus personagens fossem como nós deveríamos ser. RF."

O governador foi preso pela polícia federal. Com ele, o secretario de segurança, o delegado do DENARC, do DETRAN e do DEIC. O delegado da delegacia fazendária também acabou sendo preso, quando o governador deixou escapar que daquela unidade também se arrecadava.

O procurador não foi sequer algemado. Quando os policiais chegaram a sua casa, ele próprio já tinha atravessado sua cabeça com um balote de calibre doze que usava para caçar capivaras no Mato Grosso.

O presidente da república decretou intervenção no estado, em virtude do caos descoberto na segurança pública. Em épocas normais, uma intervenção significaria desgaste político. Mas aquela situação era surpreendente. A assembléia legislativa paulista protestou, mas não havia o que fazer. Com o governador preso por corrupção, seu vice-governador não inspirava a mínima confiança para sucedê-lo. Principalmente porque, em uma das gravações, o próprio vice-governador era tido como negociante de setenta quilos de cocaína.

Apenas o investigador Ricardo foi para a Cadeia da Polícia Civil, onde somente os policiais ficavam. Não era ruim, se comparado a uma cadeia que alguém como ele, caso não fosse policial, deveria enfrentar. Ali teria comida farta, mesa de sinuca e, com o passar do tempo, poderia sair e comprar a refeição que quisesse no boteco em frente.

Mas ele não esperou essa etapa chegar. Depois de uma semana, em que já engordara seis quilos, veio a ordem para que fugisse. A porta da frente da cadeia estaria aberta, e não encontraria impedimento algum para ganhar a liberdade.

A imprensa, mais uma vez, reclamou da fragilidade do sistema de segurança pública paulista, em que policiais criminosos entravam e saíam de suas cadeias com tanta facilidade. Mas logo em seguida esqueceu-se, pois os jornais deram lugar a notícias que traziam interceptações telefônicas dando conta de escândalos de corrupção no governo federal, fruto de um inquérito que sorria sobre segredo de justiça. Como o presidente também não conseguia controlar todos seus policiais federais, a guerra das investigações entre grupos políticos rivais parecia não terminar.

Já na rua, além da nova arma, Ricardo também recebeu um novo RG, distintivo e funcional com nomes falsos. Estaria pronto para andar por aí sem ser reconhecido. Mas não precisou muito.

Com pouco tempo de campana, descobriu onde Vital se escondera. Ricardo ia a missa das cinco no mosteiro de São Bento, no centro da capital, todos os dias. Se não encontrasse Vital naquele lugar, pelo menos poderia salvar sua alma. Só não tinha a coragem de receber a hóstia consagrada.

Um dia viu Vital subir as escadas da estação do metrô em frente à igreja, de hábito preto e cabeça raspada. Estava acompanhado de outros monges, sorrindo. Todos entraram na imensa igreja, e caminharam por seu interior de paredes gigantescas. Passaram por uma porta, com uma placa de madeira com os dizeres: *"Clausura"*. E desapareceu.

Vital saiu da igreja dali três dias, novamente acompanhado de outros monges. E Ricardo o aguardava. Estava disposto a ficar ali o resto de sua vida. Seguiu-o pelo metrô. Viu quando ele entrou com os monges em um vagão, com sentido a estação da Sé. Certificou-se de não ser reconhecido pelo colega que tanto ajudou. Em pouco tempo, o vagão ficou insuportavelmente lotado, impossível de se mover qualquer membro do corpo. Sacou a arma, já acoplada com o silenciador, e a escondeu embaixo de sua blusa, enrolada na mão.

Na estação da Sé, os monges fizeram intenção de desembarcar. Ricardo se aproximou de Vital, encostou o cano da pistola que se escondia sobre a blusa nas costas do ex-policial. Enquanto desciam, disparou uma, duas, três, quatro, cinco, seis vezes. Tempo suficiente para Vital conseguir sair sozinho do trem.

Ricardo fez questão de usar uma ponto quarenta, para todos terem a certeza de que o crime havia sido cometido pela polícia, e que aqueles projéteis tinham saído de sua arma, como depois confirmou a perícia. Mesmo sentindo o impacto dos projéteis, Vital caiu após sair do trem e caminhar alguns metros pela plataforma.

No chão, os outros monges o socorreram, e o tempo que demoraram em descobrir o que acontecera com Rubem (era esse o nome que Vital disse ser seu aos religiosos), foi suficiente para Ricardo desaparecer no anonimato da estação, e dali pra sempre. Durante a fuga, pensou em como as pessoas desperdiçam as chances que Deus lhes dá.

FUMAÇA EM ESPIRAL

Comecemos pelo fim. Não me lembro quando li Brás Cubas, mas desde então prometi que escreveria um livro quando morresse.

Pelo menos, agora, não tenho que me preocupar com meus pudores, ou os de qualquer outra pessoa que fosse mencionada aqui. E lhes digo: é muito bom estar morto, meus amigos. Esqueçam toda aquela conversa de espíritos errantes, infernos em chamas com cruéis diabos armados de tridentes. Tudo agora é mais calmo, tranquilo. Eu estou simples, sem exageros. Não sei se há outros por aqui, mas já não sinto mais a miséria atônita da solidão de que era acometido, quando me deitava sozinho no sofá do apartamento.

Finalmente consigo concentrar-me em mim, sem enlouquecer no infinito agudo que meus ouvidos emitiam. Aqui é só escrever, ler e descobrir. Os cigarros já não me fazem mal. Voltei a fumar Marlboro, com a mesma boca limpa de um garoto de 19 anos que inicia sua carreira de nicotinômano. Nenhum prazer é tão generoso quanto uma tragada de cigarro, seguida de um copo de coca-cola. Só morto esse prazer poderia ser contemplado. Os dias são ensolarados quando preciso, e frios quando quero.

Espero terminar a história antes de me reencontrar com Michelle.

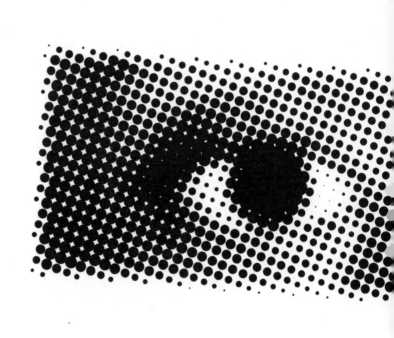

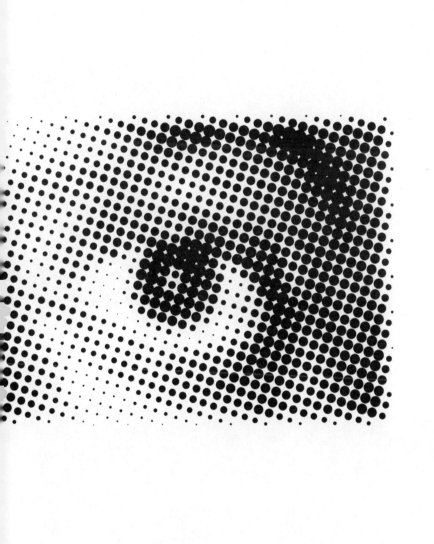

FORMATO **14 x 21 cm**
TIPOGRAFIA **KNOCKOUT** E **ADOBE CASLON PRO**
PAPEL **PÓLEN BOLD 90 g/m²**
NÚMERO DE PÁGINAS **128**
IMPRESSÃO **GRÁFICA CROMOSETE**